꽃보다 중년,
유머가 답이다

꽃보다 중년,
유머가 답이다

초판 1쇄 발행 2020년 3월 25일

지 은 이 강사종
발 행 인 권선복
편　　집 유수정
디 자 인 김소영
전 자 책 서보미
마 케 팅 권보송
발 행 처 도서출판 행복에너지
출판등록 제315-2011-000035호
주　　소 (157-010) 서울특별시 강서구 화곡로 232
전　　화 0505-613-6133
팩　　스 0303-0799-1560
홈페이지 www.happybook.or.kr
이 메 일 ksbdata@daum.net

값 15,000원

ISBN 979-11-5602-796-6　(03810)

Copyright ⓒ 강사종, 2020

도서출판 행복에너지는 독자 여러분의 아이디어와 원고 투고를 기다립니다. 책으로 만들기를 원하는 콘텐츠가 있으신 분은 이메일이나 홈페이지를 통해 간단한 기획서와 기획의도, 연락처 등을 보내주십시오. 행복에너지의 문은 언제나 활짝 열려 있습니다.

삶에 지친 중년들에게 보내는
인·생·지·침·서

꽃보다 중년, 유머가 답이다

강사종 지음

도서
출판 행복에너지

프롤로그

오늘날의 중년들은 억울하다. 부모를 모시고 사는 마지막 세대이면서 자녀가 모시지 않는 첫 세대! 어릴 때 어른들 앞에서 고개 못 들고, 막상 어른이 되어선 애들 눈치 보는 세대! 지하철에서 청년들에게 자리 양보는 못 받으면서 노인들에게 본능적으로 자리 양보하는 세대! 그들이 바로 오늘날의 중년세대다.

어릴 때 못 먹어 청년층에 비해 키도 월등히 작다. 못 먹어서 키 작지, 나이 먹으니 얼굴은 주름살, 돈도 자식 키운다고 다 썼지, 밤샘은 꿈도 못 꾸는 몸, 중년은 영락없이 낙오자다. 그런데 정말 그럴까?

이 책은 중년의 이야기다. 중년은 현재 필자의 나이대이다. 청

4

년은 지났고 노년은 아직 아닌 중년의 이야기다. 중년에 들어선 나, 슬프다. 아니 슬픈 감정도 약해졌다. 화난다. 아니, 분노의 감정도 약해졌다. 그게 더 슬프고 화난다. 무엇보다 힘이 없어졌다. 낮에도 밤에도. 육체의 수압도 정신의 수압도 쭉 뻗질 못한다. 술에 술 탄 듯, 물에 물 탄 듯한 이런 상태가 싫다.

젊게 살고 싶다. 유머를 통해 인생을 즐기기로 했다. 그것도 적극적으로 말이다. 틈만 나면 친구들과 동호인들과 만나 낄낄 거린다. 그러다 보면 마음은 어느새 청년이 된다. 그에 따라 몸도 청년으로 바뀌고 있다. 그 낄낄거린 내용이 글이 되었다. 이 책이 대박 나면 회원들과 또 낄낄거리며 축하주를 마실 것이다. 설령 쪽박을 차더라도 낄낄거리며 위로주를 마실 것이다. 나이는 먹어가도 유머는 놓지 않기로 우린 약속했다.

유머는 현실을 반영한다. 유머에 등장하는 중년은 한결같이 엄숙하다. 방전된 배터리처럼 힘이 없고 무덤덤하다. 어린 시절을 상기해 보니 그렇다. 내게 있어 과거의 어른들이란 무서운 존재였다. 지금 생각해 보면 어른들은 단지 피곤에 절은 것일 뿐이었다. 그땐 그렇게 보였다. 어른들과 이야기하는 게 싫었다. 불편했다. 그 시절의 나처럼 오늘날의 젊은이들 역시 내게 그런 감정을 갖는 걸까. 그렇게 된다면 싫다. 젊은 사람의 눈에 비친 중년의 모습은 항상 화난 얼굴이다. 슬프고 지친 모습이다. 중년에게 힘을 주고 싶었다. 중년인 나 자신이 힘을 얻고 싶기도 했다.

사람들의 인식 속에 자리한 중년 상을 바꾸고 싶다. 중년들은 나이에 대한 큰 착각에 빠져 있다. 나이 먹음이 곧 나쁨이라는 공식 말이다. 이 공식은 틀렸다. 나이 먹는 일은 괴로움도 아니고 슬픔도 아니다. 나이 먹는 게 나쁜 거라는 사고방식 자체가 나쁜 거다. 『중년의 발견』의 저자인 베인브리지 교수(David Bainbridge)는 진화론의 차원에서 중년을 얘기했다. 중년이야말로 인생의 꽃이라는 것이 그의 지론이었다. 그는 이렇게 말했다. "청년은 빠르지만 중년은 지혜롭다. 중년은 문화전달자다."

야구선수의 구속이 빨라도 정확도가 늦으면 성공 못 한다. 속도와 함께 방향 역시 중요하다. 물리학에서 크기만 있는 물리량을 '스칼라(scalar)'라고 한다. 크기와 함께 방향이 있는 물리량은 '벡터(vector)'라고 한다. 청년이 스칼라 인생이라면 중년은 벡터 인생이다. 그래서 중년이 더 긍정적이며 유연하다. 때문에 중년이 더 유머러스할 수 있다. 유머는 우리에게 긍정마인드를 주고, 밝은 표정을 준다. 유머는 인생을 유연하고 좋은 쪽으로 변화시킨다. 한마디로 중년과 유머는 궁합이 잘 맞는다.

유머예찬! 유머는 힘이 있다. 유머는 활력소요, 윤활유다. 유머와 웃음이 있으면 몸이 가볍다. 얼굴에 생기가 돈다. 리더십이 생긴다. 젊은이들이 따른다. 유머가 일품인 중년, 웃는 표정이 매력적인 중장년, 친절한 아버지, 매력적인 어머니, 유쾌·상쾌·통쾌한 상사를 꿈꾸며 이 글을 썼다. 중년들이여, 구부정한 어깨를 펴고 칙칙한 표정도 벗어 버리자. 화사한 원색의 표정을 입자. 생각이 많아 어두운 햄릿보다 철없어도 밝은 돈키호테가 되자.

글을 쓰는 데 지지와 격려로 힘을 준 나의 소중한 가족에게 감사한다. 웃음과 칭찬으로 에너지를 준 한국유머센터 멤버들에게 감사한다. 김진배 원장을 비롯한 여러 회원들에게 감사한다. 늘 버팀목으로 지지해 준 초등학교 동창들에게 감사한다. 활기찬 하루를 시작해 주는 운동멤버들에게도 감사한다.

CHAPTER 1

꽃보다 중년,
무엇이 문제인가?

CHAPTER 2

성공을 위해
유머가 필요한 이유

CHAPTER 3

행복을 위해
유머가 필요한 이유

CHAPTER 4

소통을 위해
유머가 필요한 이유

CHAPTER 5

굳어 버린 유머센스 높이는
실천사항

CHAPTER 1

꽃보다 중년,
무엇이 문제인가?

돈이 웬수

  나이가 들어갈수록 돈이 절대적으로 필요하다. 나이를 먹어가는 중년남자에게 필요한 것은 크게 5가지다. 돈, 건강, 마누라, 친구, 취미다. 여자가 나이 들어 가며 필요한 것 5가지는 돈, 건강, 친구, 취미, 반려동물이다. 이 글을 보면 2가지가 눈에 띈다. 남편이 애완견보다 밀린다는 거, 그리고 남자나 여자나 공히 돈이 가장 우선순위라는 거.

  한자 '돈 전(錢)'을 가만히 보면 무기를 뜻하는 한자 '창 과(戈)' 두 개가 들어 있음을 알 수 있다. 인생이 전쟁터라면 돈은 무기와도 같다. 돈 있으면 폼나게 호텔 식당에서 라이브 음악을 들으며 호기를 부릴 수 있다. 하지만 돈이 없으면 친구들 먹는 자리에 빈대를 붙거나 그도 아니면 그냥 집에 가서 빈대떡이나 부쳐 먹어야 한다. 있는 자와 없는 자는 부부싸움의 형태도, 수습과정 도 서로 다르다.

상류층 일기

오늘은 아내가 알래스카산 바닷가재를 먹자고 그랬습니다. 나는 늘 먹던 상 어 지느러미나 먹자고 그랬습니다. 그러자 아내는 김 기사의 자동차 키를 뺏 어서 토라진 채로 벤츠를 끌고 집으로 갔습니다. 알고 보니 그날은 아내의 생 일이었습니다. 저는 참으로 무심한 남편이었습니다. 아내의 기분을 달래 줄 겸해서 우리는 오늘 호놀룰루로 떠납니다.

서민 일기

오늘은 아내가 갑자기 중국집에서 탕수육을 먹자고 그랬습니다. 나는 아내 보고 헛소리 말고 집에서 밥이나 먹자고 했습니다. 그러자 토라진 아내는 버 스를 타고 혼자 집으로 가 버렸습니다. 알고 보니 그날은 아내의 생일이었습 니다. 나는 정말 무식했습니다. 그래서 오늘 사과도 할 겸 미안한 마음으로 중국집에서 탕수육을 사서 집으로 들어갔습니다.

나이 먹고 돈이 없으면 젊은 시절보다 훨씬 서럽다. 청년시절 엔 젊음이 한 밑천이었다. '새파랗게 젊다는 게 한 밑천인데 쩨 쩨하게 굴지 말고 가슴을 쫙 펴라.'라는 말도 있지 않던가. 그러 나 나이 든 내게는 이제 돈이 유일한 밑천이다. 지갑이 얇으면 가슴이 움츠러들기 마련이다. 알렉산더 대왕을 비웃은 디오게네스나 법정스님의 일화를 모르는 것은 아니다. 하지만 그분들의 생애를 나 같은 보통 사람들이 좇기엔 쉽지가 않다. 나이 먹어 돈 없다고 한탄만 하는 꼴도 가히 보기 좋은 건 아니다. 돈을 돈이라고 하는 데에는 이유가 있다.

1. 돈다(move): 몸에 피가 돌듯 사회엔 돈이 있다. 돈이 잘 돌아야 한다. 돈은 돌다가 웃는 사람에게 붙는다.
2. 돈다(crazy): 돈 없으면 돌아 버린다.

"사람 나고 돈 났지, 돈 나고 사람 났냐?"라는 말이 있다. 이 말은 돈이 없다는 이유로 사람을 무시하지 말라는 소리지, 돈이 없어도 불편하지 않다는 뜻은 아니다. 청년 시절에 나는 한 강사님의 강의를 들었다. 그분은 강의시간에 이렇게 말했다.

"여러분, 돈이 중요한 게 아니에요. 없으면 약간 불편할 뿐이지."

나는 그 말을 철석같이 믿고 살았다. 헌데 돈이 없으면 살아가는 데 있어 '약간' 불편한 게 아니었다. '엄청' 불편했다. 언젠가 그 강사님을 만나게 된다면 한번쯤 따질 것이다.

나이를 먹을수록, 가진 것이 없을수록 유머와 웃음 연습을 하자. 유머와 웃음이 있는 곳에 돈이 뒤따르기 마련이다. 웃음과 관련한 속담에는 이러한 것들이 있다. '웃음이 없다면 사업 길에 나서지 말라(중국 속담).' '웃음은 천 냥 빚도 갚는다(우리 속담)' '웃으면 웃을 일이 생긴다(미국 속담)' 웃음은 사람을 끌어당기기 마련이다.

유머는 사업가의 활력소이며 인간관계를 위한 일종의 윤활유다. 웃음은 스트레스 퇴치 효능도 지니고 있다. 덕분에 의료비도 줄여 준다. 중년의 웃음은 희소성이 있어 특히 멋있다. 돈이 따라붙는 인사를 다음과 같이 소개한다. "올해 부자 되세요." "새해 대박 나세요." "금년에 벼락 맞으세요, 돈벼락."

이런 인사를 하는데 왜 내가 부자 되는지 궁금한가. 궁금한 이들을 위해 천기를 누설하려 한다. 내 입에서 내 귀까지 거리가 남의 귀까지의 거리보다 훨씬 짧다.

나이 먹는 게 두렵다

아는 선배가 올해 손주를 보았다. 선배에게 할아버지 된 기분이 어떤지 물었다. 선배는 웃으며 말한다. 다 좋은데 한 가지가 걸린다고. 그게 뭐냐고 물으니 선배가 입술을 삐죽거리며 대답한다. 앞으로는 할머니와 함께 살아야 한다고 생각하니 그 기분은 별로라고.

부정적이거나 비관적인 언어를 긍정적 혹은 낙관적 언어로 바꾸어 보자. 그래야 젊어진다. 할아버지가 된 현실을 원망할 게 아니다. 할아버지가 될 때까지 오랜 시간 동안 다양한 체험을 하며 살아왔다는 사실, 그 사실에 감사해야 한다. 손주 한 번 보질 못하고 일찍 죽은 사람들도 있다. 그들이 가장 듣고 싶어 한 말이 바로 '할아버지', '할머니'라는 호칭이다.

이처럼 사고를 조금만 전환해도 현재의 부정적인 인식에서 탈피할 수 있다. 다음의 예를 살펴보자.

이처럼 조금만 바꿔 생각해도 긍정적인 시선을 가질 수 있다. 오늘부터 실천해 보자.

세상에서 가장 아름다운 나이는 지금 당신의 나이다. 새해 벽두에 맞이한 나이가 당신에게 이야기하는 환희의 말을 들어 보라. "어서 오세요, 주인님 축하해요!" 나이가 당신의 귓가에 이렇게 속삭이고 있지 않는가. 올해 당신은 몇 살이 되었는가.

30살이 되었는가? 축하드린다. 30살 이전에 죽은 사람이 인류 역사의 95%가 넘는다. 당신은 소수정예 5%에 발탁된 거다.

40살이 되었는가? 정말 축하드린다. 청년시절을 거쳐 중년을 거쳤기에 우린 청년의 아름다움과 중년의 지혜를 동시에 품고 있다. 청년은 중년을 안 거쳤기에 그 시절의 소중함을 모른다. 그러니 우리가 더 낫다. 그래서 이런 말도 있잖은가. 청춘은 청년에게 주긴 너무 아깝다고.

50살이 되었는가? 그 나이는 정말 좋은 나이다. 남자의 경우 세계 1위에 오른 사망 나이가 40대다. 당신은 그 불안에서 벗어난 거다. 축하한다.

우리나라 분위기는 참 이상하다. 나이 먹는 것을 극도로 싫어하는 분위기다. 어쩌다가 이런 문화가 형성되었는지 조사해 보았더니 다음과 같은 몇 가지 원인이 나왔다.

첫 번째, 고령화 시대로의 진입.

과거는 어른(중장년층) 중심의 사회였다. 하지만 지금은 청년 중심의 사회다. 과거엔 어른이 청년에게 예법과 농사짓는 법을 가르쳤다. 하지만 지금은 얘기가 달라졌다. 어른들이 청년들에게 인터넷과 카카오톡을 배우고 있다. 이 사실이 시사하는 바는 크게 두 가지다. 하나는 인터넷과 같은 통신기기의 발달이고, 또 하나는 고령인구의 증가다.

우리나라는 유교국가다. 예부터 전해 내려오는 장유유서(長幼有序)의 문화가 사회 전반에 짙게 남아 있다. 선후배 관계에서도 그렇다. 대부분의 많은 후배들이 겉으로 얼핏 보기엔 선배를 위하는 척 행동한다. 위계를 거스르지 않고 충실히 따른다. 모임에 참석하면 고참 격에 해당하는 선배를 회장 자리에 앉혀 감투도 씌워 준다. 뿐만이랴, 술도 따라 주고, 칭찬을 하며 제법 어른 대접을 해 준다. 하지만 알고 보면 그들은 선배의 돈이 필요했을 뿐이다. 어쩌면 선배를 향한 후배들의 입에 발린 아부성 발언과 한껏 차린 예의는 얄팍한 꼼수에 지나지 않는지도 모른다. 선배로 하여금 회장이라는 명목으로 술값을 지불하게 할 얄팍한 꼼수 말이다. 그래놓곤 막상 놀 땐 젊은 것들끼리 어울린다.

과거만 해도 인구비율은 아이들이 우세했다. 그러나 지금은 얘기가 달라졌다. 어른의 숫자는 많은 데에 반해 아이들의 숫자는 급격히 감소했다. 아이들이 귀한 때, 즉 젊은 사람이 귀한 시대에 봉착한 것이다.

두 번째, 물질만능주의의 확산.
오늘날은 육체숭상, 물질숭상 문화가 팽배해 있는 사회다. 육체적으로 가장 왕성한 시기는 바로 청년기다. 청년들은 아름다운 육체를 소유하고 있다. TV 화면 속 각종 프로그램에서 자주 보이는 방송인들, 가수도 대부분 청년기에 속한 자들이다. 그만큼 청년기는 사회적인 활동 역시 활발한 때다. 각종 미디어 매체에서 등장하는 주인공들이 청년이다. 그에 반해 중년기는 육체적으로 쇠락해 가는 단계에 속한다. 청년기와 대조적인 모습이 아닐 수 없다. 아마 이런 풍조가 나이 듦에 대한 부정적인 인식으로 확산되지 않았을까 싶다.

하지만 중년들이여. 그렇다고 해서 하나도 꿀릴 것 없다. 대신에 중년은 아름다운 지혜를 가지고 있지 않은가. 세월이 준 선물, 지혜. 그 지혜를 가지고 더 재밌게 살자. 살아가다 보면 어느 날은 청년시절보다 더 많이 웃고 더 신나게 사는 중년들을 발견할 수 있을 것이다.

셋째, 죽음에 대한 인식.
마지막은 심리·영적인 문제다. 생로병사(生老病死)라고 한다. 사람은 누구나 언젠간 죽는다. 늙어갈수록 죽음에 대한 인식이 보다 또렷해진다. 이는 자연스러운 과정이다. 그럼에도 사회 전반에 걸친 죽음에 대한 인식은 부정적이다. 우리나라뿐만 아니라 인류는 대대로 죽음을 부정적인 시각으로 바라보곤 했다. 죽음은 나쁘니 나이 먹는 일 역시 슬픈 일이라는 식이었다. 이런 엉터리 논리가 곳곳에 팽배해 있었다. 하지만 이것은 그리 바람직한 인식이 아니다. 이러한 인식이 생겨난 까닭은 삶과 죽음이 서로 반대되는 개념이라는 생각 때문이다. 우리는 자꾸만 삶에서 죽음을 떼어 놓은 채 생각하는 경향이 있다. 하지만 그렇지 않다.

죽음 역시 삶의 일부이다. 죽음 없는 삶은 없으며, 삶이 없는 죽음 역시 존재하지 않는다. 이 둘은 동전의 앞뒷면 같은 관계다. 그러니 우리는 죽음을 무조건적으로 배척하기보다 어떻게 하면 그것을 '잘' 받아들일 수 있는가를 고민해야 한다. 그런 고민을 하다 보면, 나이 먹는 일이 무조건 우울하게만 여겨지지는 않을 것이다. 오히려 이렇게 하루하루 무사히 살아 나가고 있음에 감사하게 될 것이다. 유머리스트들은 자신의 죽음 앞에서도 웃음을 짓곤 했다. 김수환 추기경은 선종 바로 전 잠깐 의식을 회복한 순간에도 유머를 날리지 않았던가. 죽음은 모두에게 주어진 숙제 같은 것이다.

나이를 먹으면 자기도 모르게 부정적인 언어가 늘어난다. 피부의 노화와 더불어 언어의 노화가 생겨나는 것이다. 몸은 늙어도 말이 젊으면 훨씬 매력적으로 보이고, 생기 있어 보인다. 긍정의 언어를 말하라. 긍정적인 인생이 열린다. 젊음의 말을 하라. 젊음의 인생이 꽃핀다. "행복해!" "좋아!" "신난다!" "감사해요!" "아싸!" 부정의 언어를 말하면 부정적인 인생이 펼쳐지며 빨리 늙는다. "짜증나!" "힘들어!" "재미가 없어!"

나이를 거스르며 살아간 사람들이 있다. 바로 로널드 레이건

(Ronald Reagan)이다. 레이건은 중년에도, 노년에도 항상 청년으로 살았다. 그는 자신의 70번째 생일날에 이렇게 말했다. "오늘은 나의 39회 생일의 31번째 기념일입니다." 그리고 또 한 사람, 『백세를 살아보니』의 저자 김형석 교수다. 그분은 웃는 표정이 참 아름답다. 언제나 조크, 웃는 인상이다. 세상에서 가장 긍정적인 것은 바로 긍정하는 습관이다. 인생에서 가장 부정적인 것은 부정적인 사고다.

젊게 보이기 위한 피읖(ㅍ) 자매를 소개한다. 바로 '패션'과 '표정'이다. 두 단어 모두 자음 피읖(ㅍ)자가 들어가니 이들을 두고 피읖 자매라고 명명했다. 중년들이여, 젊게 입자. 패션 하나의 차이가 사람을 전혀 다르게 보이게 만든다. 표정은 돈 안 드는 패션이다. 밝은 미소는 근육 연습을 통해 얻을 수 있다. 하하 히히 호호. 웃을 수 있는 장소에 가라. 나 자신에게 웃음을 주는 사람을 만나라.

아,
옛날이여

부부싸움을 하는 부부에게 왜 싸우는 거냐고 물었다. 아내의 말인즉슨 이러했다. 어느 날 아내는 남편에게 잘 보이고 싶은 욕심에 화장품을 샀단다. 그걸 본 남편이 눈치 없이 이리 말했단다. 화장품을 바른다고 해서 자기 눈에 예뻐 보인다고 생각하는 건 고정관념이라고. 차라리 그 돈으로 남편 술이나 사 주는 게 더 효과적일 거라고. 괜한 빈축을 주는 남편의 말에 아내의 마음은 금세 뾰로통해졌다고 한다. 그것이 발단이 되어 부부싸움을 한단다.

남편의 그럴듯한 관찰에 무릎을 치는 경우가 많다. 지금도 그렇다. 남자의 논리가 일견 옳다. 마음이 십 리면 지적도 십 리요 마음이 지척이면 십 리도 지척이다. 술 한 잔 먹어 흥이 살아나면 마음이 발동한 나머지 상대가 더 예뻐 보이는 건 당연지사다. 어디 화장품이 당하랴.

하지만 여자의 입장에서 보면 아니다. 아내는 그렇게 말하는 남편이 하나만 알고 둘은 모르는 단세포적인 생물처럼 여겨진다. 여자는 단지 내 남자의 눈에만 예뻐 보이기 위해 화장하는 것이 아니다. 다른 여자들에게도 찬사를 받고 싶어 한다. 여자의 마음은 유머의 단골 소재다. 유머감각만 잘 익혀도 상대방에게 금세 호감을 얻을 수 있다. 하지만 유머에 무지한 요즘 남자들은 이러한 여심의 복합적이고도 입체적인 메커니즘에 둔하다.

무심한 남자로 인해 오늘도 눈물짓는 한남동 한 여사. 남들의 인생은 사계절이지만 그녀에게 있어 인생이란 온통 한겨울일 뿐이다. 첫사랑의 인연으로 맺어진 신랑은 더 이상 그녀에게 따뜻한 눈빛을 주지 않는다. 스키장에서 맛본 달콤한 첫 키스의 순간도 실종된 지 오래다. 첫아이 출산했다고 싱싱한 가물치 잡아 삶아 주던 추억도 가물가물하다. 그 흔한 출근 포옹도 사라진 지 오래다. 포용력 없는 이 남자, 포옹력도 제로다. 다른 남편들은 잘해 준다는 허깅에 그녀는 오늘도 허기진다. 자식 앞에서, 혹은 남들 앞에서 핀잔을 주지만 않아도 좋으련만. 분위기 없는 이 남자, 누가 경상도 남자 아니랄까 봐 사랑하는 척조차 못한다. 오늘도 12시 땡 했건만 일하고 결혼했는지 들어올 생각도 않는 남편을 원망하며 그녀는 술 한 잔에 연애시절 추억을 안주 삼는다. 그렇게 외롭고 비통한 마음을 달랜다.

연애감정이 검은 머리 파뿌리 되도록 지속되면 좋겠지만 그런 커플은 가뭄에 콩 나듯 희귀하다. 대부분은 감정실종상태다. 연애에 실패하는 건 연예인들도 마찬가지다. '가을동화'나 '타이타닉'의 주인공들이 그 후에 결혼해 살았다면 어떻게 되었을까? 사랑의 호르몬인지 연애의 콩깍지인지 길어야 3년이면 사라진다고 한다. 변한 남자 때문에 상처받는 여성이 너무 많다. 여성들은 상대 남성에게 이렇게 따진다. "왜 날 속여서 사랑한다고 했어?" "왜 사랑이 변한 거야?"

속인 게 아니라 그 당시 사랑 고백은 사실이었다. 사랑이 변한 게 아니라 호르몬의 작용이다. 그러니 어쩌랴? 과거는 과거일 뿐, 그때의 남자와 지금의 남자는 다르다는 사실을 인정해야 한다. 어제의 강물이 오늘의 강물과 다르듯 말이다. 남자는 남자의 인생을 사는 것이요, 여자는 여자 인생을 사는 것이다. 에리히 프롬이 자신의 저서 『사랑의 기술(The Art of loving)』에서 설파했듯 사랑은 받는 것이 아니고 주는 것이다. 대가를 바라지도 말고, 조건을 붙이지도 말고, 과거와 동일하길 바라지도 말 일이다. 과거의 호시절이 변했다고 원망할 일이 아니라 현재를 받아들여야 한다. 과거에 과거시험 장원급제 했으면 뭐하겠는가. 지금은 서울역 벤치 신세인데 과거에 벤츠 탔으면 뭐하겠는가. 소용없다. 아무리 뉘우쳐도 과거는 흘러간다. 그러니 과거를 묻지 마시라.

시간을 기준으로 두 가지의 인간유형이 있다. 하나는 '노웨어(No Where)형'이다. 좋은 시절은 다 지나갔고 이제 행복은 아무 곳에도 없다고 믿는 유형이다. 또 다른 하나는 '나우웨어(Now Where)형'이다. 지금이 최고요, 여기가 천국이라고 믿는 유형이다. 마음이 변한 사내를 원망할 시간에 계절 바뀐 산에 올라 기라도 받는 것이 차라리 낫다. 유머는 '지금'과 '여기'를 즐기는 기술이다. 과거가 달콤했던 것 같지만 눈을 크게 뜨면 지금도 즐거운 일, 짜릿한 일, 행복감을 느낄 일은 얼마든지 있다. 또 아는가? 오늘을 즐기는 당신에게 새로운 매력을 발견한 남편이 다시 무릎 꿇고 당신에게 장미를 선사할지 또 누가 아는가?

지금 실연 상태라는 건 합법적으로 다른 사람을 얻을 수 있다는 것이요, 현재 실직 상태라는 건 합법적으로 다른 직장을 택할 수 있다는 뜻이다. 과거는 과거, 현재는 현재다. 실패자는 과거에 매여 있지만 성공한 사람은 현재를 산다. 과거에 대한 후회, 미련으로 에너지를 낭비하지 않는다. 유머를 통해 지금을 즐기는 사람이 있다. 윈스턴 처칠(Winston Churchill)이 바로 그런 사람이다. 처칠은 위기에 처했을 때 잘 대처하는 것으로 유명하다.

처칠이 정계은퇴 한 이후의 일이다. 당시 나이 80세였던 그는 한 파티에 참석했다. 어느 부인이 반가움을 표시하면서 그에게 이런 짓궂은 질문을 했다.

"어머, 총리님. '남대문'이 열렸어요. 어떻게 해결하실 거죠."

그러자 처칠은 이렇게 말했다.

"굳이 해결하지 않아도 별문제가 없을 겁니다. 이미 '죽은 새'는 새장 문이 열렸다고 밖으로 나올 수가 없으니까요."

그의 유머가 돋보이는 말이었다. 위기를 모면했을 뿐만 아니라 많은 사람들로 하여금 폭소를 자아내게 하는 답변이었다.

여자가 우는 건 사랑을 잃어서요, 남자가 우는 건 체력을 잃어서다. 남자에게 있어 체력은 가장 소중한 재산 중의 하나이다. 나이를 먹으면 정력이 약해지는 건 당연지사다. 이 능력을 잃었을 때 보통의 남자라면 좌절하고 풀이 죽는다. 그러나 유머형 인간은 다르다. 처칠은 자신의 노화까지도 유머의 소재로 삼고 있다. 젊은 시절의 처칠은 누구보다 센 남자였다. 하지만 이제 보니 늙어서도 세다. 바로 유머 입심이 세다. 주위 사람을 진 빠지게 만드는 저질형 남자가 있고, 한결같이 에너지를 발산하는 처칠형 남자가 있다. 이들은 유머 한 끗 차이다.

불리한 여건 속에서도 처칠이 2차 대전에서 승리할 수 있었던 원동력은 바로 유머였다. 그가 보여 주는 재치와 여유가 국민을 하나로 모으는 리더십의 요체였던 것이다. 어려울 때도 미래의 불안에 떨지 않았고 힘들 때도 과거 일로 후회하는 일 따위는 않았다. 그는 항상 현재를 직시했고, 지금 이 순간을 유머로 즐긴 남자였다.

한자 '현재 현(現)'은 '임금 왕(王)'과 '볼 견(見)'의 합성어다. 현재를 직시하는 사람이야말로 최고의 시야를 가졌다는 뜻이다. 과거의 일을 후회하는 사람은 거지의 시야를 가진 것과 다름없다. 황금, 백금보다 귀한 금이 바로 지금이다. 불행한 사람들은 과거의 포로로 산다. 행복한 사람은 현재에 몰입한다. 유머와 웃음으로 과거의 미련을 날려 버려라. 지금 웃어라. 지금 아싸를 외쳐라. 지화자! 현재를 즐기는 아싸 실천사항에는 다음과 같은 것들이 있다.

첫째, 기상하며 팔을 뻗으며 외친다. "아싸, 좋은 아침!"

둘째, 식사할 때 숟가락과 젓가락을 부딪히며 말한다. "아싸, 맛있겠다!"

셋째, 취침 전에 외친다. "아싸, 좋은 꿈 꾸자!"

고정
관념

어느 마을에 부부가 살고 있었다. 부부는 슬하에 딸 둘을 두고 있었다. 그러던 어느 날 부부는 자식을 낳았다. 이번에도 딸이었다.

이 사실을 알게 된 남편의 표정이 뚱했다. 아들이 아니었기 때문이다. 그러자 아내가 아기 얼굴을 손가락으로 가리키며 남편에게 말했단다. 눈, 코, 입 모두 당신을 닮았는데 도대체 왜 삐졌냐고. 그러자 남편이 이리 말했다고 한다. 그럼 뭐하냐고, 진짜 중요한 건 당신을 닮지 않았냐고.

아직도 이런 남존여비의 고정관념에 찌든 사람이 있을까? 어릴 때 고정된 성격이 쉽게 변하진 않는다. 아무리 시대가 변했다고 한들 한 개인이 변하지 않으면 소용없다. 나이를 먹는다는 것은 무수한 경험을 한다는 뜻이다. 지혜로운 사람은 경험을 통해 통찰이 커진다. 하지만 그렇지 못한 사람들은 반대로 고정관념만 콘크리트처럼 굳어진다. 고정관념을 또 다른 말로 하자면 일종의 고장 난 관념체계라고 할 수 있겠다.

고정관념이란 남존여비 사상만 있는 것이 아니다. 고(固)자를 파자하니 마음의 방 안에 오래된 것(古)이 주인 노릇을 하고 있다. 수직적인 관계구도를 가진 장유유서 문화 역시 고정관념의 하나라고 할 수 있다. 장유유서 문화 때문에 무수한 여성과 젊은이들이 그동안 고통을 받아 왔다. 지금은 그 반동으로 어버이 세대가 젊은이들로부터 왕따를 당하고 있다. TV 드라마를 보라. 오늘도 드라마 작가에 의해 못된 어버이상의 캐릭터가 양산되고 있다. 그들은 젊은 시청자들로부터 눈총실탄을 맞고 있다. 못된 시어머니, 완고한 시아버지, 돈만 탐하는 사장님, 매사 도움 안 되는 중년들이 바로 그들이다.

물론 고정관념은 때론 장점이 되기도 한다. 세상 살아가는 편한 도구요, 인생의 지침서가 되기도 한다. 하지만 세상이 바뀌었는데도 시스템을 안 바꾸는 게 문제다. 스마트폰이 탄생한 지가 언젠데 아직도 폴더 폰을 쥐고 있을 것인가? 이러한 고정관념은 결국 그 소유자에게 손해를 끼친다. 이 남자처럼.

7명의 아들을 둔 남자가 있었단다. 그는 막내아들을 유난히 구박했다. 막내 아들은 유난히 모자라게 생긴 데다가 왠지 하는 짓마다 멍청했다. 그런 막내를 두고 남자는 속으로 생각했다. '분명 막내는 내 자식이 아니고 마누라가 바람피워 낳은 자식이야.'

죽을 때가 되자 그는 아내와 막내를 용서해 주리라 생각하고 물었단다.

"여보, 죽을 때가 되니 20년 동안 막내 놈을 구박한 게 마음에 걸리는구려. 모든 것을 용서해 줄 테니 진실을 말해 주구려. 저놈의 애비는 대체 누구란 말이오?"

그러자 아내가 체념한 듯이 이리 말했단다.

"사실은 그 애만 당신 자식이에요."

고정관념에 빠진 그는 자신의 유일한 친자식만 괴롭힌 셈이다. 막내아들이 자신의 친자식이라는 사실을 알았을 즈음, 수명이 다해 가고 있었으니 어떻게 해 볼 도리가 없었다. 안타까운 일이다. 이처럼 사람이 고정관념까지 완고하면 더욱 늙어 보이기 십상이다.

이와 같은 고정관념의 반대말은 바로 '변화'다. 일상적인 행동, 스테레오 타입의 말에서 벗어나려면 젊은이들을 벤치마킹할 필요가 있다. 50대라면 30대의 패션을 시도해 보자. 40대라면 20대의 취미를 가져 보자. 청년들에게 젊게 보이기 위해서가 아니라 또래 중년들에게 젊어 보이기 위해서다. 내가 젊은 감각을 시도한다면 과연 청년들이 환호할까, 어떤 반응을 보일까? 이런 눈치 볼 필요가 없다. 물론 나 역시 몸소 실천하고 있다. 삶의 건강과 재미, 다이어트를 위해서 말이다.

칙칙한 얼굴을 밝히는 데 선크림보다 좋은 게 있다. 바로 웃음이다. 고리타분한 노친네 표 말버릇을 벗는 데에는 유머만한 게 없다. 유머와 웃음은 그 자체만으로도 이미 엄청난 이익을 가져다준다. 웃으면 혈액순환이 된다. 웃으면 배꼽이 빠진다. 복식호흡과 장운동이 된다. 웃으면 친구가 생긴다. 웃으면 친근감이 있어 보인다. 웃으면 힘이 있어 보인다.

이런 웃음의 효력을 제대로 발휘하는 사람이 있다. 바로 고복순이다. 어디선가 고복순 강사의 목소리가 들려온다. "회장님, 으하하, 나 왔어요. 고복순이에요~" 에그 깜짝이야, 기차 화통을 웃음에 비벼 먹는 목소리가 들린다. 고복순 강사는 내 주변에서 가장 밝고 긍정적인 얼굴을 가진 사람 중에 하나다. 중학교를 보내 주질 않아 한때는 식모살이를 해 가며 바닥인생이었던 그녀. 그런 그녀가 지금은 웃음철학을 통해 긍정우먼으로 거듭났다. "저는 지금 이 순간이 가장 행복해요. 인생 뭐 있나요." 이제 그녀는 방방곡곡 기업, 경로당, 교회, 동창회, 상가 등을 누비며 웃음을 전파하는 일류 공연자가 되었다. 유머의 힘이다.

유머는 젊은 시절의 창의성을 되찾아 준다. 사람이 한층 싱그럽게 보인다. 치매예방, 인간관계 윤활유, 건강의 활력소 역할을 한다. 유머를 구사하다 보면 구수하고 매끄러운 스피치 능력도 덤으로 얻는다. 여성들에게 인기를 얻고 젊은이들에게 박수 받는 그대를 상상해 보라! 유머는 꽃중년이 되기 위한 필수과목이다. 유머의 말을 타라. 낡은 고정관념에서 내려 신나는 관념, 즐거운 관념으로 바꿔 타자. 바로 지금 여기서 말이다. 다음은 고정관념을 잡는 CSI 실천법이다.

C – Change! : 바꾸라!

S – Smile : 웃는 표정으로

I – Interest : 재밌는 유머로

고독

도시 생활에 염증을 느낀 두 명의 미혼 여성이 돈을 모아 양계장을 차리기로
했다. 한적한 시골에 계사를 마련한 그녀들은 닭을 사러 갔다. 그녀들은 양계
장 주인에게 암탉 300마리와 수탉 300마리를 달라고 했다.

닭장수는 그녀들을 이해할 수 없어 물었다. 암탉 300마리는 필요하겠지만,
수탉은 두세 마리면 족할 텐데 왜 사냐고. 그러자 그녀들은 정색을 하며 대꾸
했단다. 짝 없이 산다는 게 얼마나 슬픈 일인지 잘 알고 있다고.

수탉 두 마리가 암탉 300마리를 책임진다면 수탉 한 마리당
암탉 150마리를 맡는다는 계산이 나온다. 부럽다고 해야 할지
딱하다고 해야 할지 참으로 헷갈린다. 수탉의 꼬끼오 소리가 어
서 내게 오라는 소리인 줄 알았는데 제발 날 내버려 두라는 소리

는 아닌지 의아하다. 축산 경영 차원이나 종자 개량학적 측면에서 보면 합리적일 수 있으나 짝 없는 중생들의 측면에서 보자면 과연 그녀들의 지적이 예리하다.

오늘날 배고픔의 고통은 어느 정도 사라졌다. 육체적인 배고픔보다도 정신적인 허기에 시달리는 현대인들의 수가 늘고 있다. 그들의 고통은 가시처럼 통렬히 대두되고 있다. 더군다나 싱글족이 점차 늘어나는 요즘 시대에 인간의 고독은 더욱 사회문제화 될 것이다. 복어 독이나 전갈 독만큼이나 현대인에게 무서운 독, 고독.

어린 시절 내게 웃음을 준 건 누군가의 유머였다. 식인종 시리즈, 참새 시리즈, 방귀 시리즈 등등 각종 유머 시리즈가 내게 웃음을 주었다. 레크리에이션도 재밌었다. 장기자랑 시간에 나는 친구들 앞에서 나의 유머실력을 선보였다. 나를 본 사람들이 반응을 보였을 땐 너무 좋았다. 비행기를 타고 날아오르는 것만 같았다. 객석에서 나를 보던 친구의 까르르 하고 웃는 목소리가 내겐 구원의 종소리였다.

유머는 삶의 고통을 행복으로 재구성한다. 고통을 기쁨으로, 절망을 희망으로, 부정을 긍정으로 재구성한다. 나의 유머를 통해 상대방이 행복해진다는 사실을 안다. 그 사실을 알기 때문에 때로는 힘들어도 감사할 뿐이다. 청년 시절의 나는 친구를 통해 나의 고독을 이기려 했다. 중년이 된 지금은 다르다. 나 자신의 노력을 통해 친구의 고독을 줄이려 노력한다. 오늘날의 나는 유머가 있는 중년이라 좋다.

정체성의 위기

어느 날 세 여자가 대화를 나누고 있었다.

첫 번째 여자가 먼저 자기 남편 자랑을 늘어놓았다. 우리 남편은 회사 팀장이라고, 팀원이 10명이라고. 이에 두 번째 여자도 지지 않고 말했단다. 자기 남편은 장교인데 부하가 1백 명이라고. 세 번째 여자가 가소롭다는 듯이 말했단다. 자기 남편 밑에는 직원이 5천 명 있다고.

그 말을 듣고 놀란 두 여자가 남편의 직업을 물었더니 세 번째 여자는 이리 대답하더란다. 공동묘지 관리인이라고.

사람들의 자기 자랑은 대단하다. 우리 남편 연봉은 얼마고, 우리 아들은 서울대에 들어갔고, 우리 집 평수는 얼마나 되며 등등. 하지만 아무리 자랑해 봤자 결국 다 남의 이야기다. 어째서 자신의 이야기는 하지 않는가? 자신의 기쁨, 자신의 행복. 사람들은 자신의 인생에 대해선 말하지 않는다.

한국 사회에서 여성은 남성의 부록 정도로 치부되어 왔다. 어린 시절엔 아버지에게 의존하고, 결혼해선 남편에게 의지하고, 자식이 성장하면 아들에게 의지하는 게 삼종지도(三從之道)요, 여자의 길이라고 배웠다. 이러니 정작 자신의 인생을 살아가는 길엔 어둡다. 물론 남편도 중요하고 자녀도 중요하다. 하지만 가장 중요한 것은 바로 나 자신이다. 내 주변 인생이 아니라 바로 내 인생을 살기 위해 지구에 온 것이다. 남편과 자녀를 성공시키기 위해 자신을 희생하면 훗날 보상심리가 생겨나 갈등이 발생할 것이다. 결국 가족과의 관계도 소원해질 것이다. 그때 가서 그들에게 "내가 어떻게 뒷바라지했는데?" "내가 어떻게 키웠는데?" 이런 말을 하면 아무 소용없다.

남편은 어차피 남의 편이다. 남편이 멋지면 남편이 멋진 거지, 당신이 멋진 게 아니다. 자녀도 어차피 내 인생의 잔여물이다. 자녀가 공부 잘하면 자녀가 잘된 거지, 당신과는 상관없다. 착각에서 빠져나오라. 가족이 아니라 당신이 웃어야 잘 사는 거다. 인생이라는 드라마에서 주연은 당신이다. 남편, 자식은 조연, 대통령도 재벌도 연예인도 모두 엑스트라일 뿐이다. 주연이라면 주연답게 당신의 인생을 스스로 연주하라. 자신이 하고픈 일은 무엇인가? 자신의 가슴을 뛰게 하는 건 어떤 것인가? 남편과 자녀 뒤에 숨지 말고 나와라. 아모르파티!

등산을 하든, 사이클을 하든, 음악, 미술, 스피치를 하든 당신의 혼을 살리는 일을 하라. 인생의 주인공은 당신이다. 유모가 아기의 몸을 돌보듯 유머는 우리의 혼을 돌본다. 자아 정체성을 찾는 데도 유머는 유용하다.

방금 한바탕 싸운 부부 앞에 강아지가 나타나 지나간다. 그 순간 평소 아내와 처가를 번번이 무시했던 남편이 오늘도 아내에게 도를 넘은 태클을 건다. 친척 아니냐고, 인사드리라고. 그러자 아내가 인사를 드렸단다.
"어머, 어디 가세요? 시아주버님."

졸지에 옐로카드를 받은 남편이 어떤 표정을 지었을지 자못 궁금하다. 사나운 여인이 될 필요는 없지만 속에서 화가 끓는데도 말 한마디 못 하고 억누르는 일은 더욱 못난 짓이다. 되치기 한 방으로 자신의 자존심을 방어한 이 여인의 대응에 박수를 보낸다. 다음은 정체성 찾기 실천 사항이다.

1. 자신의 이름이 새겨진 명함을 만들어라.
2. 자신의 장점을 뽐낼 모임에 참가하라.
3. 웃음과 박수를 자주 받도록 하라.

스트레스

참기름이 고소한 건 칭찬받지만 이웃이 고소한 건 평생 원수의 시발점이다. 사랑하며 보내기에도 짧은 한평생이지만 우리들은 서로 싸우고 미워하고 헐뜯으며 보낸다. 마음속에 미움이 가득해서다. 흔히 열받는다고 표현한다. 화가 나고 긴장하면 얼굴이 벌게진다. 얼굴로 열이 오른다. 열은 위로 오르면 안 좋다. 밑으로 내려가야 좋다. 머리는 시원하게 하고, 배를 따뜻하게 해야 좋다. 우리 몸을 망가뜨리는 안 좋은 열, 어떤 이유에서 발생하는 걸까?

열이 오르면 두 가지가 나빠진다. 첫째, 인간관계가 나빠진다. 화는 또한 화병을 일으킨다. 두 번째, 몸이 망가진다. 나도 남도

파멸로 이끄는 원흉, 마음속의 화(火)를 몰아내는 방법은 무얼까? 마음속에 다른 걸 집어넣으면 분노가 빠져나간다. 초특급 미움 박멸기 2종 세트가 있다. 유머와 웃음! 유머는 뜨거운 분노마저도 아무것도 아닌 것으로 만든다. 유머라고 해서 청년들에게나 필요한 감각이라고 생각한다면 오산이다. 나이를 먹을수록 서운하고 섭섭한 감정이 더 잘 생기기 마련이다. 중년이 될수록 더욱 필요한 게 유머다.

엘리자베스 여왕이 1986년 영연방으로부터 끊임없이 독립을 주장하는 통가제도를 방문했다. 여왕이 행사를 마치고 리무진에 오르려는 순간 누군가가 계란을 던졌다. 산산조각 난 계란은 여왕의 옷을 더럽혔다. 다음 날 국회 연설을 위해 나온 여왕이 이렇게 서두를 시작했다.

"나는 계란을 좋아합니다만 아침에 특히 좋아하지요. 다음부터는 아침 시간에 부탁합니다."

스트레스가 발생했을 때, 그 스트레스를 접수할 것이냐 말 것이냐는 내가 결정한다. 여왕은 계란 던지는 걸 환영한다고 말했다. 웃었다. 그 순간 이미 그건 스트레스가 아니었다. 감정을 조절하는 방법 중에 하나였다. 감정조절 방법에는 크게 두 가지가 있다. 첫째는 받아들임(yes)이다. 이 일화에서는 계란 던지는 걸 환영한다는 여왕의 말이 이에 해당한다고 볼 수 있겠다. 두 번째는 재구성(reframing)이다. 달걀을 던지되 다만 아침에만 던져 달라는 표현이 이에 해당한다.

이 감정 컨트롤 방법은 동서고금 시공을 초월해 같은 맥락으로 이루어진다. 한 건달이 석가모니에게 욕을 해 댄다. 험한 욕을 먹고도 석가모니는 웃는다. 제자들이 묻는다. "욕을 먹고도 웃음이 나오십니까?" 스승이 답한다. "자네가 내게 금을 주면 내 것이지만 안 받으면 도로 자네 것이 되지. 난 저 젊은이의 욕을 안 받았다네." 여기에서 등장하는 '받아들임(yes)'은 욕하는 것을 환영하는 석가모니의 태도다. 두 번째로 재구성(reframing)은 '다만 필요 없으니 도로 가져가길'이라는 말에 해당한다.

석가모니와 여왕의 대처술은 서로 닮아 있지 않은가. 다만 다른 점이 있다면 이것이다. 여왕의 대처술은 시간차를 사용했고, 석가모니의 대처술은 반사작용을 이용했다. 이 정도면 가정에서나 직장에서 바로 사용할 수 있다. 이를테면 이런 것이다. 아침에 잔소리하는 남편에게 다음과 같이 말할 수 있다.

1. 시간차법: "쓰레기는 저녁에 일괄 모으니 그때 말하시지."
2. 반사법: "필요 없으니 그 잔소리 도로 가져가시지. 반사!"

감정 컨트롤이라고 해서 속세를 떠나 구름같이 고고하게 혼자 지내라는 말은 아니다. 일상에서도 얼마든지 적용가능하다. 유머와 웃음의 기본 법칙을 활용하면 당신은 이제부터 감정의 주인이 될 수 있다. 청년 시절은 감정이 나의 주인이었다. 중년이 된 지금은 내가 감정의 주인이다. 이 모든 것이 유머와 연륜 덕분이다.

건망증

한 피로연에서 신랑이 아내를 향해 크게 소리쳤다. 건망증이 심한 중년남자
도 그 자리에 있었다. 신랑의 말은 다음과 같다.

"나 오늘 고백할 게 있소. 난 결혼 전에 행복했던 시간들을 모두 다른 여자 품
에서 보냈소!"

신랑의 말을 들은 피로연장은 웅성거렸다. 신부가 금방이라도 울 것 같은 표
정을 짓자 신랑은 빙그레 웃으며 다시 말했다.

"그 여자는 바로 나의 어머니요! 어머님, 감사합니다."

이 말에 신부와 하객들은 미소를 띠었다. 신랑의 어머니도 눈물을 흘렸다. 이
모습에 감명받은 중년 남자는 다음 주에 있을 아내의 생일 파티 때 신랑의 멘
트를 꼭 써먹기로 했다. 드디어 생일 파티 날이 되었다. 남자는 그동안 외우고

있던 그 말을 했다.

"여보, 오늘 내가 당신과 친척들 앞에서 고백할 게 있소. 사실 난 당신과 결혼하기 전에 행복했던 시간들을 모두 다른 여자의 품에서 보냈소!"

그런데 그 다음 말이 생각나질 않았다.

"가만있자. 그런데 그 여자가 누구더라?"

그날 중년 남자는 마누라에게 얻어맞아 죽었을까. 과연 어땠을까. 결말이 궁금하다. 이런 건망증은 누구라도 겪을 수 있다. 긁어 부스럼이라더니 멋진 말을 하려다 망한 이 남자, 과연 이 일을 어떻게 수습했을지 궁금하다.

나이를 먹으면 기억력이 떨어진다. 하긴 몸이 늙으니 뇌세포인들 안 늙으랴?

나도 건망증 때문에 곤혹스런 경우가 있었다. 얼마 전 어느 봄날이었다. 동창들을 만난 자리에서 한 유머가 떠올랐다. 친구들을 한차례 웃기려다가 아차 멈칫했다. 내가 생각한 유머는 언젠가 한 번 구사했던 적이 있던 유머였던 것이다. 그제 성남 쪽 초등학교 동창 만난 자리에서 구사했는지, 어제 화양동 대학 동창들 앞에서 했는지 영 기억이 안 난다. 유머를 도로 집어넣었다. 건망증에 아차 하는 일이 이처럼 잦아지고 있다.

건망증은 슬프다. 건망증의 '망(忘)'이란 '마음(心)이 망(亡)했다'는 뜻이다. 그러니 얼핏 비관할 만도 하다. 생각이 나질 않아 슬프고 나이를 먹어 뇌기능이 떨어진다는 사실이 또 슬프다. 하지만 세상만사 양면적이다. 건망증의 좋은 점도 찾아보면 왜 없을까?

누군가가 그랬다. 결혼은 판단력 부족이요, 이혼은 인내력 부족, 재혼은 기억력 부족이라고. 기억이 안 나니 이별의 아픔을 잊게 되고 누군가를 또 만나고 다시 사랑하게 된다. 이런 걸 보면 확실히 건망증도 좋은 면이 있다. 아픔의 기억, 슬픔의 기억, 분노의 기억, 두려움의 기억, 불안의 기억. 모든 나쁜 마음이 건망증 덕분에 우리에게서 떠나간다. 최고의 힐링이다. 건망증이 도대체 중년에게 좋은 소식인지 나쁜 소식인지 모르겠다. 한번 따져 보자.

나쁜 소식(bad news): **기억 안 남** (1)

좋은 소식(good news): **스트레스 절감, 걱정 없어짐, 불안 감소, 분노 떠남, 고독 소멸** (5)

얼핏 봐도 5배나 이익이다.

이렇게 망각이 좋으니 연말이면 대한민국 전체가 잊기 잔치를 벌인다. 사람들이 한자리에 모여 만남을 갖는다. 술 먹어 가며 그간의 시간을 잊어 보자는 게 바로 망년회(忘年會) 아닌가? 건방증이 문제지, 건망증이라면 괜찮다. 건망증으로 대박 난 구체적 예도 있지 않은가.

영문학, 고문학에 더해 유머까지 겸비한 사람, 3박자를 고루 갖춘 실력자로서 한 시대를 풍미했던 국보 양주동의 일화다. 양주동 박사가 모 대학 강당에서 초청 강연을 하던 때의 일이다. 고전을 열심히 강의하던 그에게 건망증이 찾아왔다. 갑자기 말문이 탁 막혀 버린 것이다. 강의를 하던 중 등장인물의 이름이 도무지 생각나지 않아 이야기를 더는 계속할 수가 없었다.

1초, 2초… 침묵의 시간이 흘러가고 있었다. 학생들은 숨도 죽인 채 교수 얼굴만 쳐다보며 다음 이야기를 고대했다. 위급한 찰나였다. 시간은 어느덧 3초, 5초. 장내는 쥐죽은 듯 조용했다. 박사는 그래도 기억이 나지 않아, 안절부절 못하다가 마침내 기지를 발휘하였다. "내가 모르는 것을 학생들이 모르는 것은 어디까지나 괜찮아." 폭소가 터진 건 당연한 수순이었다. 이분의 뇌엔 애드립 기지국이 자리한 듯하다. 매 순간마다 시의적절한 위트가 탄생한다. 기억력은 떨어져도 순발력이 있으니 이처럼 위기를 모면할 수 있다.

이러한 위기극복 일화로 그는 더욱 이름을 날리게 되었다. 건망증이 없었다면 이 정도로 박수를 받지 못했을 것이다. 사실 살아가면서 경험한 모든 게 또렷이 기억난다면 곤란한 일이 한두 가지가 아닐 것이다. 그러고 보면 인생을 살아가면서 건망증이 있다는 사실은 나름의 축복이요 신나는 일이다. 청년은 기억이 또렷해서 아픔도 크다. 중년은 기억이 희미해져서 아픔도 가물 가물하다. 중년의 건망증을 위해 건배!

무기력증

남편의 술주정이 원인이 되어 대판 싸운 부부가 있었다. 이들은 3일간 입을 다문 채 한마디도 안 했단다. 불편한 침묵이 얼마나 힘들었을까? 드디어 남자가 먼저 말했단다. 병따개 어디 있냐고.

왜 남자들은 술을 좋아할까? 진실된 대화를 하고 싶어서? 아니다. 세상이 썩어서? 아니다.

상사가 괴롭혀서? 아니다. 기운이 없어서? 맞다. 나이를 먹으면 육체적인 힘도 약하고, 정신적인 힘도 약하다. 내면의 힘이 없으니 뭐 할 수 있는 게 없다. 할 말도 못 하고 고백도 못 하고 설득도 못 하고 거절도 못 한다. 심지어 웃지도 못한다. 이런 사람들은 술기운이라도 빌려서 하고픈 말을 하려 한다. 술에 취한 순간만이라도 행복감과 호연지기를 느끼고 싶다. 하지만 술에서 깨어나면 도로 원상태. 중년도 힘을 키워야 한다. 술의 주인이 되어야지, 술의 노예가 될 순 없다. 한숨을 버리고 아령을 잡아라. 페달을 돌려라. 나이 들어 운동은 필수다. 운동하면 술에 의존하지 않게 된다. 재밌는 건, 운동하면 술도 더 달다는 거.

속초에 살고 있는 김기현 씨 이야기다. 그는 가벼운 심장병 증세가 있어 담당 의사로부터 체중을 줄이라는 경고를 받았다. 그는 바닷가 해수욕장 백사장에 하루종일 앉아 있기만 했다. 하루는 여느 날과 마찬가지로 바닷가에 가만히 앉아 비키니 차림의 여자들을 정신없이 바라보고 있다가 친구와 마주쳤다. 그러자 친구가 야단을 쳤단다. 운동은 않고 퍼질러 앉아 여자나 쳐다보면 어쩌냐고. 그러자 김기현 씨가 연유를 고백하더란다. 그 구경을 하려고 매일 십 리 길을 걸어오는 거라고.

운동이란 그렇다. 기현 씨처럼 재미가 있어야 지속할 수 있다. 좋은 친구들과 함께 웃고 즐기며 운동할 거리를 찾아보라. 기력도 찾고 다이어트에도 좋은 웃음 다이어트를 소개한다.

1. 웃음배치기

하-하-하- 웃으며 배를 두드린다. 장을 활성화하고 지방질을 분해한다.

2. 웃음 배자극운동

하-하-하- 포복절도에 맞추어 스타카토식으로 배를 넣고 빼기를 반복한다.

배의 움직임을 관찰하라. 소리지를 때 배가 들어간다.

3. 웃음 릴레이

한 사람이 웃다가 바통 터치를 하면 그다음 사람이 웃는다.

우울증

> 웃음은 암흑 속을 안내하는 손이요,
>
> 폭풍우 속에서 용기를 안겨 주는 존재다.
>
> – 더글라스 미돌

여자는 외롭다. 이 남자의 사랑이 진짜인지, 가짜인지 판단하는 데 20년이 걸린다. 진짜라고 판명 난 후에도 이 사랑이 머무를지 떠날지를 판단하는 데 20년이 걸린다. 20살에 남자를 만났다고 해도 60살까지 외롭고 우울하다는 결론이 나온다. 우울증을 없애는 데는 대화법과 웃음법, 그리고 생각전환법이 있다.

수다떨기를 좋아하는 여자가 있었다. 그녀의 수다는 아무도 말릴 수 없었다. 전화를 한번 잡았다 하면 몇 시간씩이나 수화기를 놓지 않고 수다를 떨었다. 그런데 하루는 그녀가 전화를 받은 후 30분 만에 전화를 끊는 것이 아닌가? 너무 놀란 남편이 아내에게 물었더니 아내가 대답하더란다. 잘못 걸려 온 전화였다고.

남자 눈에 비친 여자는 경이롭다. 모르는 사람과도 30분 동안 수다를 떨 수 있다니. 여자목욕탕에서 누군가가 말을 걸어오는데, 그 순간 침묵을 하기란 불가능하다. 반면 남자목욕탕에서 그런 풍경을 찾아보기란 쉽지 않다. 이러한 차이에는 역사적인 배경이 하나의 원인으로 작용한다. 옛날 구석기 시절이었다. 하루 종일 과일 따는 여자들이 지루함을 덜기 위해 수다를 떠는 건 너무 당연했다. 반면 맘모스 사냥을 나가는 남자들이 소음을 내서 무리를 위험에 빠뜨리는 동료에게 핀잔 준 것도 당연했다.

여자의 세계에 수다 문화가 존재한다는 건 축복이다. 우울은 근심할 우(憂)와 막힐 울(鬱)로 이루어진다. 사방이 막혀 있어 근심을 토해 내지 못하면 우울증이 온다. 그럴 땐 전화통화로 수다를 떨어도 좋다. 마음의 막힌 울타리를 뚫는 데 일조하는 전화는 이제 전자기기가 아니라 의료기기로 분류해야 한다. 여성들이 전화로 수다를 많이 하면 전화국과 이동통신사만 수지맞는 게 아니다. 스트레스가 감소돼 건강보험공단도 경사가 난다. 수다도 떨지 못하는 남자들이 불쌍하다.

웃음법은 더욱 확실한 우울증 치료제다. 마음속의 근심을 퍼 내고 퍼내도 계속 우울의 샘이 솟아난다면 방법이 없다. 문제가 밖에 있다고 생각하는 한 인간은 영원히 외롭다. 문제는 내 안에 있다. 누가 나에게 고독과 우울을 주는 게 아니다. 내 속에 고독 과 우울의 제조공장이 있다. 그걸 박살 내기 위해선 유머와 웃음 이 최고다.

이성계와 무학대사가 서로 욕하기 놀이를 했다. 이성계가 먼 저 대사는 돼지 같구려 하는데 대사는 오히려 정중하게 말했단 다. 전하는 부처님 같다고 말이다. 욕을 하기로 했는데 왜 칭찬 을 하냐고 연유를 물으니 대사가 대답했단다. 부처 눈에는 세상 만물이 부처로 보이고, 돼지 눈에는 모든 중생이 다 돼지로 보이 는 법이라고.

수다와 더불어 웃음의 횟수도 여성이 남성보다 훨씬 우세하 다. 말도 안 하고 웃지도 못하는 한국의 중년 남성들이여, 무엇 으로 마음의 허전함을 달래려는가?

생각 바꾸기도 우울증 치유하는 데는 효험이 있다. 안 하던 말, 안 하던 짓을 하면 일단 뇌세포가 좋아한다. 생각해 보라. 당 신도 매일 삼시 세끼 같은 메뉴만 먹으면 좋은지를. 뇌에게도 새 로운 자극이 필요하다. 자신의 느낌을 소중히 여겨라. 기존의 가치와 관습이 재미없으면 즉각 폐기처분하라. 기왕이면 다홍치마를 입는 것도 좋다. 하지만 그게 다홍옷감 재고처분을 위한 상인의 홍보멘트인지도 생각해 볼 일이다. 보라치마면 어떻고 연두치마면 어떤가? 혹시 아는가? 여기도 다홍, 저기도 다홍에 식상함을 느낀 왕자님이 홀로 튀는 치마를 입은 당신의 희소성에 눈길을 줄지 말이다.

창의쟁이 이외수의 글 속엔 유머가 많이 등장한다. 유머쟁이 전유성의 책 속엔 창의성이 많이 등장한다. 이는 결코 우연이 아니다. 유머와 창의는 동전의 양면이다. 유머는 수다를 고상하게, 웃음을 자연스럽게, 생각을 독특하게 해 주는 복덩이다. 외로운 중년들에게는 유머가 필수적으로 필요하다. 유머로 당신의 행복지수를 높여라.

부부 갈등

　남자와 여자는 현상학적으로 다분히 차이가 난다. 남자야 백화점에서 옷 고르고 지불하고 포장까지 끝낸 후 받기 위해선 1분이면 족하다. 하지만 여자는 다르다. 옷 고르기 전에 주위 여자들이 입은 옷을 둘러보는 데만 3시간이 걸린다.

　남자와 여자는 확실히 다르다. 고향이 다르다는 말이 설득력 있다. 남자는 화성, 여자는 금성. 우린 자주 이런 착각을 한다. 충고하면 될 거라고, 설득하면 될 거라고. 그러나 아니다. 남녀 사이를 개선하려면 서로 간의 충고나 설득, 논리나 합리를 하는 대신 서로를 웃기고 웃는 게 최고다. 논리를 들이대면 벽이 생긴다. 웃으면 벽이 사라진다. 논리는 두 눈을 부릅뜨는 것이요, 유머는 한쪽 눈을 살짝 감는 것이다. 잘 봐라, 사람이 웃을 때 눈이 커지는지 작아지는지.

한 남자가 어느 날 한쪽 팔에 깁스를 하고 출근을 했다. 교통사고였다. 갑자기 미니스커트를 입은 아가씨가 나타나는 바람에 문제가 생겼단다. 한눈팔다가 교통사고를 냈나 했는데 아니었다. 그 남자가 은밀히 고백하는 말을 들어 보니 전혀 다른 원인이었다. 조수석에 앉아 있던 마누라가 갑자기 남편 눈을 손으로 확 가렸다는 것이다.

여자들은 다른 여자가 어떻게 꾸미고 다니는지 살펴보는 일에 여념이 없다. 남자도 마찬가지다. 다른 여자들을 훔쳐보느라 정신이 없다. 남편 눈을 가려도 소용없다. 여성들이 가장 싫어하는 속담이 있다. '열 계집 싫어하는 사내 없다.' 이 속담을 만든 사람이 남자라면 혹 자신의 바람기질을 변호하기 위해서인지도 모른다. 혹자는 두 여자 정도가 좋다. 또 누구는 오직 한 여자가 좋다고 한다. 허다한 남성이 다수의 여성에게 눈을 돌리는 것 또한 사실이니, 남자로 태어난 죄가 크다. 남자들은 여자들에게 매를 맞아도 할 말이 없다.

눈에는 눈 이에는 이라고 한다. 따라서 같은 방식으로 대응하거나 혹은 한 방에 차는 것도 한 방법이리라. 만에 하나 죽어도 놓치기 싫은 당신의 남자가 열 계집을 좋아하는 류의 남자라면 방법은 딱 두 가지다. 일인십색, 열 가지로 변신 가능한 변신의 귀재가 되거나, 군계일학으로 열 계집 중 가장 매력적인 여성이 되는 거다. 그렇게 되면 항상 당신이 갑(甲)이 될 수 있다.

10%의 부부만이 결혼생활에 행복을 느낀다. 첫 단추가 잘못 끼워져서이다. 왜 결혼하느냐고 물으면 청춘남녀들은 행복하려고요, 라고 답한다. 착각이다. 결혼은 행복을 얻으려 하는 게 아니다. 행복을 주려고 하는 거다. 배우자가 행복을 주는 게 아니다. 유머와 웃음이 행복을 준다. 그러므로 행복을 배우자에게 구걸하지 말라. 변신의 귀재요, 군계일학인 당신에게 그가 구걸하게 만들라. 당신이 아니라 그가 을(乙)이 되도록 하라. 그것이 바로 유머와 웃음, 매력의 도구요, 행복의 출발이다.

사랑을 못하면 사랑하는 척이라도 해야 한다. 하지만 한국의 남자들, 이런 것은 잘 못한다. 그래서 이혼율이 수년 만에 세계 최고 수준으로 올라섰다. 물론 이혼은 좋은 거다. 나쁜 거라면 그걸 선택할 리가 없으니까. 하지만 이혼을 선택한 결과, 예상과는 달리 행복감이 줄어들었다면 그건 너무 딱하다. 잘못된 기대였다. 착각이었다. 배우자가 행복을 주지 않는 것처럼 결혼도 당신에게 행복을 주지 않는다. 결혼이 행복을 주지 않는 것처럼 돌싱(돌아온 싱글)도, 재혼도 행복을 주지 않는다. 만일 행복할 거라 생각했다면 착각이다. 밖에 있는 그이가 아니라 내 안에 있는 유머와 웃음이 행복을 준다. 행복하고 싶다면 유머로 내면을 가득 채우라.

한 부부가 사소한 일로 말다툼을 벌였다. 그러다가 급기야는 이혼하자는 말까지 하게 되었다. 문제는 하나뿐인 애를 누가 맡을 건가였다. 한참의 논쟁 끝에 공평하게 한 사람씩 나누어 기를 수 있게 아이를 하나 더 낳기로 했단다. 부부싸움은 과도한 기대와 부족한 현실 사이의 거리감에서 생겨난다. 유머는 상대를 웃음과 긍정으로 대하는 화술이다. 다음은 짜증대화와 유머대화의 좋은 예이다.

1. 짜증대화

남: 나 술 한 잔 하고 밤 12시에 들어갈 거야.

여: 못 살아. 지겨워.

2. 유머대화

남: 나 술 한 잔 하고 밤 12시에 들어갈 거야.

여: 전하~ 소첩 한번 잠들면 못 일어나옵니다. 술 먹고 밤길 위험하다는데 한 잔 더 하시고 내일 낮 12시에 들어오심이 어떠하실는지.

자녀와의 갈등

공부를 정말 못하는 아들에게 화가 난 엄마가 꾸중을 했다. 누굴 닮아서 그렇게 공부를 못하냐고. 그러자 아들이 반발했다. 에디슨은 공부는 못했어도 훌륭한 발명가가 됐다고. 그러자 더 화가 난 엄마가 아들에게 소리쳤단다. 에디슨은 영어라도 잘했다고.

엄마가 잔소리를 해 대니 아이도 훗날 잔소리꾼 어른이 될 징조가 다분히 보인다. 세 살 버릇 여든까지 간다고 하는데, 세 살 버릇을 심어 주는 게 부모다. 콩 심은 데 콩 나듯 부모 버릇이 아이에게도 대물림되는 법이다. 아이를 향한 짜증을 반으로 줄이고 칭찬을 두 배로 늘려라. 짜증이 아이 심성에 나쁘기 때문만이 아니다. 부모 정신건강에 악영향을 끼쳐서다.

에디슨은 영어를 잘하지만 아들은 한국어를 참 잘한다. 그러니 두 사람의 능력은 비겼다. 부모들이여, 자신은 어릴 때 공부 잘했는지, 엄마 말은 잘 들었는지 회상해 보라. 잔소리할 시간에 아이의 장점을 찾을 일이다. 잔소리는 일본어로 고고또(小言, こごと)이다. 소인배의 언어, 좀스런 언어란 뜻이다. 효과가 없음은 물론 아이의 정서함양에 하등 도움이 안 된다.

아이들도 다 안다. 아이가 이미 알고 있는 것을 너무 많이 가르쳐 주려고 하지 말라. 그게 다 잔소리로 들린다. 비난 대신 자녀 노트를 기록하면 어떨지. 한 엄마가 자녀에 대한 잔소리를 하고 싶을 때마다 노트에 적었다. 1년 후 노트를 펴 보니 잔소리의 대부분은 아이의 잘못이 아닌 것으로 판명되었다. 잔소리 노트의 효과는 다음과 같다. 첫 번째, 아이의 잘못이 아니었다는 사실을 알게 된 점. 두 번째, 엄마의 감정이 개입되었다는 점. 세 번째, 잔소리를 절제하여 오히려 아이의 인성이 더 좋아졌다는 점.

잔소리는 스스로 설득력이 부족하고, 어휘력이 빈곤하며 마인드 컨트롤 능력이 박약하다는 사실을 나타내는 징표다. '싫어(No)'를 반으로 줄이고 '좋아', '그래(Yes)'를 두 배로 늘려 보자. 비난을 반으로 줄이고 웃음을 두 배로 늘려 보자. 부모의 마음에 드는 행동만 칭찬하는 건 어리석은 일이다. 부모가 완전치 않기 때문이다. 다음 경우의 수를 놓치지 말라.

1. 부모의 마음에 들어도 잘못된 행동일 수 있다.
2. 부모의 마음에 안 들어도 잘한 행동일 수 있다.

유머 능력은 다른 시각을 갖게 해 준다. 감정을 초월하게 만들고 자신을 객관화시켜 준다. 그래서 잔소리 대신 칭찬을 하고, 비난 대신 격려를 할 토대를 마련해 준다. 아래의 선생님처럼 말이다.

새 학년 첫날이었다. 학교에서도 악동으로 소문난 톰이 같은 반에 배정되었다. 담임선생님이 학생들의 이름을 부르며 한 가지씩을 칭찬했다. "메리야, 매우 옷이 이쁘구나." "아브라함, 아주 공부를 잘한다면서." 드디어 톰을 칭찬할 차례가 되었다. "톰, 네 덕분에 다른 반 애들이 우리 반 여학생들에게 장난치는 일은 없겠구나."

유머는 부정을 긍정으로, 비관을 낙관으로, 우울을 유쾌로 바꾼다.

보상
심리

야영 지도교사가 학부모에게 연락을 취했다. 자녀에게 벌을 주겠다고 말이다. 그러자 학부모가 답장을 보냈다. 제발 자기 아들을 체벌하지 말라고. 교사가 답장했다. 너무 풀어 주면 애들이 산만해져서 안전사고 우려가 있다고. 그러자 학부모가 한다는 말이 이랬다. 자기 애 말고, 애 옆에 있는 아이를 때리면 자기 아이가 충분히 겁먹을 거라나.

거시적인 관찰 없이 그저 자기 자식만 집착적으로 바라보는 한국 부모를 예리하게 묘사한 조크다. 한국 부모에게 자식의 아픔은 자신의 아픔이요, 자식의 기쁨은 자신의 기쁨이다. 특히 자신의 꿈을 이루지 못하고 원망과 한이 많은 부모일수록 자식의 성공을 통해 보상받고자 하는 심리가 크다.

성동구 성수동에 사는 30대 후반의 성 모 씨, 그는 주부다. 오늘도 아들의 성적향상이란 지상 과제를 위해 성 씨는 학교와 학원을 오가며 치맛바람을 휘날린다. 남편과의 사랑 대신 선택한 것이 바로 자식에 대한 기대다. 자식의 성공이 곧 그녀의 성공이요, 자식의 행복의 곧 그녀의 행복이다. 그런데 이런 삶이 그녀에게 궁극적으로 행복을 가져다줄까?

자식도 자식일 뿐 본인은 아니다. 자식은 자식이고 부모는 부모다. 자식의 성공은 자식의 성취일 뿐, 부모가 성공한 건 아니다. 자녀의 성공을 위해 모든 걸 쏟는다. 하지만 하늘의 별을 따는 것보다 어려운 것이 바로 장가간 아들을 내 편으로 만드는 일이다. 나중에 늙어서는 자신의 기대와 자식의 행태의 차이에 실망하고 치를 떤다. 내가 너를 어떻게 키웠냐며 자식에게 배신감을 느낀다. 자식이 원수란 말이 괜히 나온 게 아니다.

그럼 자녀는 성공을 할까? 아니다. 그 자녀는 엄마에게 배운대로 또 그 자녀에게 기대를 한다. 이런 식으로 대물림된다. 기대만 하다가 끝나는 인생이 반복된다. 대대손손 자아실현을 아무도 하지 못한다. 보상심리의 악순환이다. 이러다가 완전히 헛인생 사는 것이다. 하늘에 가면 천사가 두 가지를 물어 올 것이다. 행복했느냐고, 네가 그동안 살면서 만난 사람을 행복하게 해주었느냐고.

언제나 나 자신이 먼저다. 맛있는 음식이 생기면 당신이 먼저 먹어라. 유통기한이 다 된 음식은 자식에게 줘라. 자식의 행복을 위해 자신의 행복을 희생하는 부모들이여. 내 인생의 주인공은 나 자신이다. 그대의 희생, 자식들도 별로 감동하지 않고 효과도 없고 보람도 없다. 이제 희생마인드와 보상심리는 접어라. 그대의 즐거움에 시간과 열정을 투자하라. 그대가 즐거워야 자녀도 신난다. 유머를 통해 대화가 변화한 모습을 살펴보자.

과거: "네가 공부 안 하면 엄마는 죽고 싶다. 너 고아가 되어도 좋아?"
현재: "네가 언젠가 공부에 올인할 상상을 하면 엄마는 즐겁다. 우리 아들과 함께라서 행복해."

행복을 꿈꾸는 부모라면 가끔 자녀와 구구단을 하며 놀아 보자.

2x2=덧니
2x4=센터
2x6=비행기
2x8=청춘
2x9=아나
3x1=절
3x3=아가씨
3x5=하는 마음

4x2=좋게

4x5=정

4x9=팔구

5x1=교환

5x2=소박이

5x3=불고기

6x3=빌딩

6x4=생도

7x7=맞게

8x2=박멸

8x8=체력

9x2=치킨

9x4=일생

9x9=콘

시댁과의 갈등

며느리가 시어머니에게 하는 거짓말 목록을 열어 보았다. 이런 말들이었다. "저도 어머님 같은 시어머니 될래요." "전화 드렸는데 안 계시더라고요." "어머니가 한 음식이 제일 맛있어요." "용돈 적게 드려 죄송해요." "어머님 벌써 가시게요? 며칠 더 있다 가세요."

시어머니라고 해서 다르지 않다. 이번엔 시어머니의 거짓말 목록을 열어 보았다. "좀 더 자라. 아침은 내가 할 테니." "생일상은 뭘…. 그냥 대충 먹자꾸나!" "난 널 딸처럼 생각한단다."

시댁(媤宅)과의 갈등은 당사자뿐만 아니라 남편, 자녀 등 관계자 모두의 행복을 갉아먹는 큰 요소다. 시댁의 '시(媤)'를 파자하면 여자(女)가 밭(田)에서 중노동에 시달리며 상심(心)하는 형상이다.

결혼은 사랑을 매개로 한다. 하지만 시부모와 며느리, 시누이와 올케, 장모와 사위 사이엔 사랑이 없다. 누가 이익인가, 혹시 우리 쪽이 밑지는 장사는 아닌가, 하는 계산만 한다. 이러다 보니 요즘은 당사자끼리도 계산기를 두드려 짝을 정한다. 결혼의 '결(結)'은 열매를 맺는다 혹은 결합한다는 뜻이다. 하지만 작금의 현상과는 맞지 않는다. 차라리 '거래한다'는 의미를 가진 거혼식, '계산한다'는 뜻의 계혼식으로 부르는 게 타당할 듯하다. "우리 계혼 상담소에선 밑지지 않고 이문 남는 만남을 위해 슈퍼컴퓨터와 최고의 회계시스템을 운영하고 있사오니…."

행복을 소망하며 살림을 꾸렸건만 행복 대신 불행, 웃음 대신 분노의 소리가 더 많이 들린다. 어떤 관계든지 간에 관계의 맺고 끊음이 돈이 기준이 되면 그 순간 불행이 찾아온다. 내가 얼마를 받을 것인가가 아닌, 내가 얼마를 줄 수 있을 것인가를 기준으로 짝을 정해야 한다. 그것이야말로 사랑과 행복의 참 조건이라 할 수 있을 것이다. 이 원리를 대부분의 부부들이 모른다는 건 기이한 사실이다.

어느 인질범이 할머니를 납치해서 인질로 잡아 놓고, 며느리에게 천만 원을 가져오란 전화를 했단다. 며느리가 눈 하나 깜박 않고 콧방귀를 뀌자 다시 제안했단다. 천만 원을 안 주면 시어머니를 도로 데려다 놓겠다고. 그러자 바로 입금이 되더란다.

대부분의 사람들이 이와 같이 생각한다. 남편 = 행복 주는 사람, 시댁식구 = 행복을 뺏는 사람. 이런 공식에 입각해서 사고한다. 하지만 이는 큰 착각이다. 나 자신에게 행복을 주는 존재는 남편이 아니라 유머와 웃음이다. 행복을 뺏는 존재는 시댁식구가 아니라 짜증과 한탄이다. 군사용 서치라이트는 1백 미터 전방까지 대낮처럼 밝혀 준다. 반면 조선시대의 호롱불은 사물의 흔적만 겨우 분별할 뿐이다. 우린 보통 남을 살필 땐 서치라이트를 비추고 자신을 살필 땐 호롱불로 비춘다. 행복의 핸들을 쥐고 있는 주체는 남이 아니라 나다. 그러니 이제 나를 살필 땐 서치라이트를 비추자. 남을 살필 땐 호롱불을 비추자.

고부간 갈등의 출발은 말 한마디다. 중년 며느리들이여, 시어머니는 당신에게 고통과 함께 지혜도 주는 양면적인 존재다. 그러니 웃으며 대응하라. 인상 쓰며 말하면 관계의 다리가 파괴되고, 웃으면서 말하면 회복된다. 유머와 웃음은 인간관계의 갈등과 스트레스를 1/2에서 1/10까지 줄여 준다. 유머가 약이요, 웃음이 치료제다. 유머와 웃음을 적용하기 전과 후를 비교해 보자.

상황1. 시어머니가 화를 낸다

전: 기분 나쁘다. 올라온다. 시금치도 꼴 보기 싫다.

후: 저런 분을 설득시키는 방법은 무엇일까? 화를 무력화하는 방법은 무엇일

까? 유머로 말해 보자. 어머니, 화요일이라서 화내시나요? 화요일은 화사

하게 웃는 날이에요.

전: 그럼 지가 차려 먹든가, 아 기분 나빠.

후: 오히려 칭찬한다. 나는 참는 스타일인데, 이게 참 안 좋더라고요. 싫으면

싫다고 말하는 어머니 스타일 배워야겠어요. 싸이는 강남 스타일! 어머니

는 직설 스타일! 어머니 멋져요.

직장
갈등

보도에 따르면 직장에서의 남녀차별이 상당하다고 한다. 즉 남자의 책상 위에 가족사진이 있을 때는 참 믿음직하고 책임감 있는 가장이라고 하는 반면, 여자의 책상 위에 가족사진이 있을 때는 직장보다는 가족이 우선이라고 비난한다. 남자가 잠시 자리를 비웠을 때는 아마 회의에 참석 중일 거라고 생각하는 반면, 여자가 잠시 자리를 비웠을 때는 화장 고치러 간 게 틀림없을 것이라며 비난한다. 남자가 여자상사와 점심을 먹고 있을 때는 출세를 위한 식사자리를 갖는 것이리라 여기는 반면, 여자가 남자상사와 점심을 먹고 있을 때는 서로 깊은 관계가 틀림없다고 손가락질한단다. 남자가 결혼소식을 알려 오면 주변 사람들은 말한다. 결혼을 하니 좀 더 안정되어 일을 잘할 것이라고. 반면 여자가 결혼을 하면 이렇게 말한다. 임신하면 곧 직장을 그만둘 것이라고.

남자가 더 좋은 직장으로 옮길 때는 좋은 기회를 잘 포착하는 안목을 칭찬한다. 여자가 더 좋은 직장으로 옮길 때는 여자들은 믿고 같이 일을 할 수가 없다며 비난한다. 남자가 동료와 이야기하고 있을 때는 계약 문제를 두고 토론하는 중일 것이리라고 예측하는 반면 여자가 동료와 이야기하고 있을 때는 그저 잡담이겠거니 하고 생각한다. 남자가 남녀차별에 항의할 때는 그를 두고 보기 드물게 진보적인 사람이라고 평가한다. 그런 반면 여자가 남녀차별에 항의할 때는 저럴 시간에 능력이나 더 쌓으라고 핀잔한단다. 요즘도 이렇게 남녀차별을 하는 간 큰 상사들이 존재한다.

직장에서의 인간관계 역시 쉽지 않다. 다음은 직장인들이 회사에서 듣기 싫어하는 말의 목록이다.

- "그렇게 해서 월급 받겠어?"
- "시키면 시키는 대로 해!"
- "내가 사원 때는 더한 일도 다 했어."
- (퇴근시간에) "내일 아침까지 다 해 놔."
- "이거 확실해? 근거자료 가지고 와 봐."
- "이번 실수, 두고두고 참조하겠어."
- "머리가 나쁘면 몸으로 때워!"

- "자네는 성질 때문에 잘되긴 글렀어."

- "요새 한가하지, 일 좀 줄까?"

- "야! 너, 이리 와!"

이런 상사 아래에 붙어 있자니 아니꼽다. 그렇다고 사표 쓰고 자영업 하자니 겁난다. 상사(혹은 후배) 스트레스에 시달려 욱하고 사표 내면 한 3일간은 해방감을 맛본다. 하지만 이후엔 후회한다. 내가 더 참을걸, 하고 말이다. 절이 싫으면 중이 떠나라는 말을 처음 한 사람은 과연 홀로서기의 아픔을 체험한 분인지 궁금하다. 직장에서 이런 상사들을 마주쳤을 때의 해결책을 다음과 같이 정리한다.

해결책1 실력을 키워라. 상사보다 더 승진해 그의 상사가 된다.

해결책2 마음을 키워라. 어떤 말을 들어도 스트레스를 받지 않도록 마음을 수련한다.

직장, 직업을 가리킬 때의 '직(職)' 자를 보면 답이 나온다. 경청 능력(耳)에 자기만의 무기(戈)가 있어야 성공(立)하게 된다. 당신의 무기는 무엇인가? 영어실력, 경제능력, 체력, 대인관계. 무엇이든 확실한 한 가지가 있어야 생존이 가능하다. 그중에서도 가장 중요한 것이 바로 대인관계. 유머는 대인관계의 윤활유다. 다음의 사례들을 살펴보면 과장의 능수능란한 유머솜씨를 알 수 있다.

돈 씀씀이가 헤픈 신입사원이 과장에게 쭈뼛거리며 이렇게 말한다.

"과장님, 실은 가불을 좀 하고 싶은데요."

그러자 과장이 기특하다는 듯이 말한다.

"그거 참 잘됐군."

"예?"

"나도 신입사원 때 곧잘 가불을 했는데, 갚을 때까지는 작업능률이 무지무지 올랐었거든."

사사건건 따지고 드는 대리에게 어느 날 과장이 물었다.

"자네, 명석함과 지혜로움의 차이를 아나?"

"잘 모르겠는데요."

"상사의 말에서 오류를 찾아내는 건 명석함이고, 그걸 입 밖으로 꺼내지 않는 건 지혜로움일세."

훌륭한 대답이었다. 과연 과장 자리를 거저 딴 게 아니다. 이런 과장이라면 부장자리를 주어도 아깝지 않다. 과장되지 않으며 부드럽고 재치 있게 부하를 교육하는 과장의 모습이 빛난다. 말을 가려 하는 상사, 비난을 유머로 승화시킬 줄 아는 상사가 되라.

CHAPTER 2

성공을 위해
유머가 필요한 이유

가난은 유머로
극복한다

무능력한 남편 때문에 한 부부가 거의 굶어 죽기 직전의 상황에 이르렀다. 더는 참을 수 없었던 아내가 남편에게 서럽게 푸념하기 시작했다.

"전기세 안 냈다고 전기 끊기고, 수도세 안 냈다고 수도도 끊기고."

그러자 남편이 제안했다.

"우리 가스 마시고 죽어 버리자."

그러자 아내가 벌떡 일어나며 화가 난 듯 소리쳤단다.

"가스는 안 끊겼을 것 같냐?"

단순히 유머 차원에서 웃어넘길 수만은 없는 일이다. 우리나라는 선진국의 상징 OECD국가에 진입한 지 이미 오래다. 그럼에도 이러한 가족들의 동반자살 사건은 적지 않게 발생하고 있다. 공과금을 납부하지 못한 어느 가정에서 전기 대신 촛불을 이용해 생활하고 있었다. 그러던 중 촛불을 켜고 잠을 자던 한 어린이가 화재로 사망했다. 안타까운 일이다. 중년들 역시 마찬가지다. 경제적인 위기를 맞고 있다. 불경기, 생산성 저하, 인건비 감축이란 명분으로 40대의 명예퇴직은 기본이다. 35세에도 자칫 잘못하면 해고당하고 만다. 우리나라 고위직에 계신 분들의 부정부패도 적지 않을 것이다. 그분들이 숨겨 둔 지하자금 1/10만 밝혀내도 이런 일은 면할 수 있지 않을까?

정주영 회장이 과거에 했던 말이 떠오른다. 그는 정부에서 뺏어가는 돈 때문에 사업을 못 해 먹겠다고 밝혔다. 정주영 회장은 본인이 수백억을 바쳤다고 하는데 받은 분은 29만 원밖에 없다고 했다. 이러한 말은 회자되며 유머를 생산하는 사람들에게 오랫동안 소재를 제공해 주었다. 유머는 독재나 부정부패를 풍자하는 일로 사회를 성장시킨다. 대표적인 것이 바로 신문의 4컷짜리 풍자만화였다.

가난의 요인 중에는 여러 가지가 있다. 사회적인 요인 못지않게 중요한 것이 바로 개인적인 요인이다. 우리 개인의 개선 사항을 알아보자. 정주영이 잘 살아보세를 크게 한 번 외치곤 집을 떠났다. 강을 건너려는데 뱃삯이 없다. 어떻게 했을까? 다음의 두 가지 보기 중에 골라 보자. 첫째, 내 팔자에 무슨 성공? 집으로 유턴. 둘째, 사나이로 태어나 죽음이 두려우랴. 목숨 걸고 헤엄친다. 당신은 이 둘 중에 어느 것을 고르겠는가. 첫 번째를 선택했다면 당신은 현실주의자. 두 번째를 선택했다면 당신은 낭만주의자다. 성공주의자 정주영은 세 번째를 선택했다. 성공을 포기하기도, 목숨을 걸기도 싫었다. 돈 없이 탄 것. 뱃사공에게 뺨을 맞아 벌겋게 달아올랐다.

"야 이놈아, 후회되지?"
"후회되네요."
"그러게 왜 공짜로 타서 맞은 거야?"
"후회되긴 하지만 뺨 맞은 게 후회되는 건 아니고 뺨 한 대면 배 한 번 타는데 탈까 말까 망설인 시간이 아깝고 후회되네요."

성공을 가로막는 요인에는 여러 가지가 있을 것이다. 가난한 부모, 시원찮은 대통령과 정치지도자 등등. 하지만 가장 큰 요인은 자신이다. 가난 탈출의 비전을 품은 정주영 소년은 종잣돈도 없고 배경도 없고 꽃미남도 아니었다. 하지만 그에겐 긍정과 재치의 유머가 있었다.

두 가지 유형의 사람들이 있다. 부자가 되고자 하는 열망이 가득한 사람과 부자 되는 것에 별 관심이 없는 사람. 아마 여러분 주위에 있는 사람도 이 둘 중에 하나일 것이다. 당신도 마찬가지다. 전자를 살펴보니 이러한 부류들이었다. CEO, 고액 연봉자, 주식투자자, 펀드 거래자, 현찰 동원 능력자, 고액 세금 납부자. 쉽게 말하면 부자일수록 부자 되는 것에 관심 있고 가난할수록 부자 되는 것에 관심이 없었다. 부익부 빈익빈이 심화되는 것도 당연지사다.

가난한 사람들이 자주 사용하는 말들은 다음과 같다. "있는 놈들이 더 해." "돈이 웬수." 이러한 말들이다. 이것은 부정적인 말이다. 있는 놈들이 더한 경우도 있지만 봉사하고 기부하고 가난한 친척 도와주고 눈물과 인정 많은 부자들도 얼마든지 있다. 그러니 이런 부정적 표현은 쓰지 말자. 돈복만 달아날 뿐이다. 그리고 돈이 원수란 말도 쓰지 말자. 네가 날 원수라 부르는데 나 또한 널 따르리? 인지상정이다. 돈을 껴안고 사랑의 멘트를 날려라. 이를 테면 이런 말들이다. "보고 싶은데 어디 갔다 이제 온 거야?"

앞으로는 돈과 원수가 되지 말고 연인이 되라. 만물은 자기를 사랑하는 이에게 붙는다. 부자가 되고 싶다면 돈을 사랑하라. 돈을 향해 웃고 돈을 향해 고백 멘트를 날려라.

가난의 고통은 유머로 날려 버려라. 나이 먹을수록 돈은 더 필요하다. 중년은 몸으로 때울 수 없다. 돈으로 때워야 한다. 그러니 성공을 원하는 중년들이여, 성공한 자신의 모습을 그리며 미리 웃어라. 성공해서 웃는 게 아니라 웃어서 성공하는 원리. 성공의 DNA를 가진 자는 다음과 같은 특징이 있다.

D-Dream 성공하는 자는 꿈과 희망을 가지고 있다. 지금은 가진 게 없어도 이 꿈으로 인해 하루하루가 재밌고 유머와 웃음이 그치질 않을 것이다. 결혼식에서 신랑들이 입이 찢어지는 것도 이런 이유다. 지금은 예식장이지만 잠시 후면 호텔방이라는 꿈과 희망이 그를 행복하게 한다. 젖과 꿀이 흐른다는 가나안도 사실은 가난했다. 없으니 희망이라도 품은 것이다. 일단 행복해야 한다. 당신도 돈의 유무나 다소와 관계없이 지금 행복해야 한다. 이것이 바로 성공학의 1단계다.

N-Nice 2단계는 말이다. 복을 받는 말이 있고 부정을 타는 말이 있다. 성공자들은 입에서 나오는 말이 다르다. "나이스", "아싸", "좋아", "잘 된다". "성공할 거야", "대박나세". 이러한 말들은 씨가 된다. 말에는 힘이 있다. 부자라는 말만 반복해도 주위에 산재한 돈이 내게 쏠린다. 정주영의 입에서 나온 말도 긍정적인 단어들이었다.

A-Action 구슬이 서 말이라도 꿰어야 보배다. 꿈을 꾸고 말을 해도 실행하지 않는 이유는 그 꿈과 말이 진실하지도, 절실하지도 않아서다. 학생이라면 책을 펼치고, 세일즈를 나섰으면 신나게 외쳐야 한다. 대체로 감나무 밑에 앉아 감이 떨어지기만 기다리는 사람들이 배고픈 불평을 가장 많이 한다. 성공의 꿈을 꾸고 긍정의 말을 하고 실천하라. 돈이 곧 달려올 것이다. 3단계는

행동이다. 지금은 비록 찬거리를 걱정하는 그대지만 조만간 웃을 거리, 볼 거리, 돈 쓸 거리를 찾으리라.

평생교육시대,
공부하라

知之者 不如好之者, 好之者 不如樂之者

(지지자는 불여호지자요, 호지자는 불여락지자니라.)

: 알기만 하는 사람은 좋아하는 사람만 못하고,

좋아하는 사람은 즐기는 사람보다 못하다.

　두 여자가 있었다. 한 여자가 다른 여자에게 물었다. 매일 어디 다니냐고. 그러자 여자가 대답했다. 남편이 반찬이 맛없다는 얘기를 안 하도록 학원에 다닌다고. 어느 요리학원이냐고 물으니 그 친구가 이리 대답했단다. 유도학원 다닌다고. 남편이 반찬 불평하면 던져 버릴 목적으로.

요리학원에 다니면 음식솜씨가 좋아진다. 맛난 반찬으로 이루어진 아침식단은 부부관계를 살린다. 유도학원에 다니면 체력과 공격력이 좋아진다. 상대를 제압하기에 좋은 기술을 연마할 수 있다. 전자에 해당하는 사람을 만나는 것은 복이다. 후자의 여자를 만나는 것은 팔자다.

요즘은 자기성장에 투자하는 사람들이 많아졌다. 초등학교 6년, 중고등학교 6년, 대학 4~6년 동안 공부라는 것을 한다. 거의 20여년을 공부하고 사회에 나오는 셈이다. 그러니 공부에 질릴 만도 하다. 그럼에도 어떤 사람들은 졸업 이후에도 끊임없이 공부를 한다. 나 역시 그랬다.

운전 면허증을 취득하기 위해 학원에 다녔다. 그 외의 문서를 작성하려니 컴퓨터 공부는 필수였다. 엑셀 공부, 파워포인트 공부, 워드 공부. 세계가 변하고 문명이 발달하면 공부는 필수다. 일견 힘들어 보이지만 세상 편히 살기 위해 필요한 것이 바로 공부다.

옛 우리 조상님들은 맘모스 잡는 법을 공부해야 했다. 옛날엔 정착생활을 하다 보니 농사짓는 법도 공부했다. 외적을 막으려니 전투하는 법도 공부했다. 제일 열심히 공부하여 탁월한 성과를 올린 사람이 조직의 우두머리가 되었다. 중년 시기에 필요한 공부를 꼽아 본다.

1. 말 공부 대화법, 스피치법은 누구나 공통으로 익혀야 할 분야다. 어린시절 혼자 자란 젊은이들은 성인이 된 후에 남과 소통하는 일에 서툴다. 결혼 생활에 갈등이 생기는 이유로 흔히 성격 차이를 꼽는다. 하지만 이는 착각이다. 성격은 사람마다 다 다르다. 내 성격에 맞추라는 건 독재다. 성격은 달라도 된다. 문제는 대화다. 대화법을 모르기 때문에 충돌이 생긴다. 그러니 대화법을 공부해야 한다. 교수, 판사, 검사, 정치인, 변호사, 의사, 경매인, 교사, 종교인, 강사, 영업맨, CEO, 직장인의 공통점은? 스피치를 해야 한다는 것이다. 남들 앞에서 말함으로써 그들을 이해, 설득시키는 건 현대 리더들의 전공 필수 항목이다.

2. 마음 공부 제 아무리 세상 공부를 잘한다고 해도 내 마음 하나 다스리지 못하면 꽝이다. 청소년 자살률이 세계 최고수준이다. 생명보험을 이용해 배우자의 생명을 빼앗았다는 기사를 보았다. 생명을 지킨다는 의미에서 생명보험이라고 부른다. 하지만 자꾸 이런 일이 발생하면 명명을 다시 해야 하지 않나 싶었다. 생명보험이 아닌 살해 보험? 생명 비보험? 비보호 생명보험? 뭐라고 불러야 할까. 아내를 죽인 남자가 10억짜리 보험에 들면서 보험공부를 엄청 했을 것이다. 돈 공부 백 년을 해도 마음공부가 안 되니 인간이라 할 수 없다.

3. 몸 공부 천하를 얻어도 건강을 잃으면 무엇하랴? 『동의보감』의 저자 허준은 젊은 나이에 인간의 육체를 살피고 싶었다. 하지만 그것은 국법에서 금하는 일이라 볼 수가 없었다. 그의 스승 유의태는 죽어가는 와중에도 허준에

게 말했다. 자신이 죽거든 사후에 자기 몸을 열어 공부하라고 말이다. 이러한 살신성인의 선현들 덕에 지금의 우리는 인간의 오장육부가 어떻게 생겼으며 어떻게 작동하는지를 다 안다. 몸은 참 묘하다. 기분이 좋으면 온몸의 세포들이 덩달아 신나한다. 기분이 나쁘면 온몸의 세포가 괴로워한다.

말공부 마음공부 몸공부는 중년의 건강과 성공과 행복을 얻기 위한 가장 기본적이고 원초적인 공부다. 공교롭게도 세 가지 단어 모두 미음(ㅁ)으로 시작한다. 이 셋은 모두 유머와 밀접한 관계를 가지고 있다.

미국의 대통령들은 이미 수십 년 전부터 유머코디네이터를 두고 있다. 정확한 발음과 유식한 단어 사용보다 10배나 중요한 게 바로 유머다. 청자는 자신을 웃게 하는 화자에게 호감을 갖는다. 학생들은 웃기는 교수에게 집중한다. 리더는 직원들을 웃기는 법을 배워야 한다. 웃기면 팔린다. 장사를 한다면 유머센스부터 익혀야 한다. 당신이 만약 미인을 얻으려는 남자라면 역시 유머를 익혀야 한다.

용기는 마음공부의 범주에 들어간다. 유머는 마음의 호연지기를 길러 준다. 스트레스 타파를 하기 위해선 유머가 필요하다. 유머란 상황을 바꾸어 보는 기술이다. 배우자가 속을 썩여도 소크라테스처럼 '아싸! 악처 덕에 철학자 된다'라고 하면 그만이다.

'자살'도 거꾸로 읽으면 '살자'가 된다. 웃으면 배꼽이 터진다는 말이 있다. 장운동이 된다는 말이다. 건강한 몸, 유머와 웃음이 책임진다. 감옥에 들어가면 몸도 마음도 다 무너지기 쉽다. 그 어려움을 유머로 극복한 사람 두 명을 소개한다.

남아공의 최초의 흑인 대통령이었던 만델라(Nelson Mandela)의 얘기다. 그는 젊은 시절에 독방에 수감되었다. 훗날 그때의 일을 회상한 적이 있다. 그는 이렇게 말했다. "나는 다 좋았어요. 다른 죄수들과 한 방에 있으면 안 심심해서 좋고, 독방에 있으면 독서해서 좋고. 항상 기뻤어요."

비슷한 시절에 옥고를 치른 사람이 우리나라에도 있다. 감사원장을 지낸 한승헌 씨다. 언젠가 젊은 기자가 그에게 물었다.

"한 선생님, 가장 좋아하는 국경일은요?"

"석탄일."

"불자신가요?"

"아니 크리스천."

"근데?"

"크리스마스 특사로 나오고 싶어서 밤새 기도했는데 그다음 해 석탄일 때 특사로 나왔어."

만델라도, 한승헌도 유머를 익히며 고통을 이겨 낸 사람들이다. 유머야말로 가장 행복하고도 이문 남는 공부다.

자신을
마케팅하라

마크 트웨인, 고흐, 서머셋 몸. 이 셋의 공통점은 무엇일까? 위대한 지성, 위대한 예술인이라는 점. 그 외에 하나 더 있다. 바로 유머로 자신을 마케팅했다는 점이다.

『달과 6펜스』의 저자 서머셋 몸(Somerset Maugham)은 젊은 시절에 한 권의 책을 출판하게 되었다. 어느 날 자신의 책을 위해서 광고를 내 주기로 약속했던 출판사로부터 연락이 왔다. 광고비가 의외로 많이 들어 광고를 해 줄 수 없다는 통보였다. 몸은 몸이 달았다. 몸은 며칠 동안이나 잠도 제대로 못 자고 생각에 골몰해 몸이 수척해졌다. 그러던 어느 날, 책상에 엎드려 원고를 쓰고 있던 몸은 갑자기 의자에서 몸을 벌떡 일으키며 외쳤다.

"바로 그거다! 그 방법으로 광고를 내면 틀림없이 효과가 있을 거다!" 몸은 당장 신문사로 달려가 다음과 같은 광고를 냈다.

"마음씨가 착한 훌륭한 여성을 찾습니다. 나는 스포츠와 음악을 좋아하며, 성격이 온화한 젊은이로 백만장자입니다. 그런데 내가 찾는 여성은 최근 서머셋 몸이 쓴 소설의 주인공과 닮은 여성입니다. 지혜롭고 부드러운 마음씨, 그리고 젊음과 아름다움을 간직하고 있는 여성이면 됩니다."

그리고 다음 날 아침, 그 광고가 신문에 실렸다. 그러자 기적 같은 일이 벌어졌다. 몸이 쓴 책이 날개 돋친 듯이 팔리기 시작한 것이다. 광고가 실린 지 일주일도 채 못 되어, 서머셋 몸의 소설책은 어느 서점에서든 모두 다 팔리고 말았다. 이 일이 있은 후부터 몸은 차츰차츰 유명해지기 시작했다. 훗날 몸은 그때를 회상하면서, 자신이 기발한 광고를 내지 않았더라면 오늘날처럼 유명한 작가로 알려지지 않았을지도 모른다고 말했다.

집에 있노라면 중국집 안내문이 종종 오곤 한다. 벌써 여러 번 받아 본 전단지도 있다. 이번에 받은 전단지는 제법 돈을 들여 제작한 모양이다. 'ㅇㅇ반점, 신속배달, 짜장면, 짬뽕, 짬짜면, 짜장+탕수육, 짜장+팔보채'라고 씌어 있다. 엄청난 인쇄비, 막대한 인건비를 들여 마케팅했을 것이다. 하지만 내일쯤이면 아마

난 이 사실을 잊게 될 것이다. 왜냐고? 너무 똑같기 때문이다. 다른 중국집과 동일한 메뉴, 동일한 문구, 동일한 전략. 현대인들은 비슷한 건 금방 잊는다. 짬짜면(짜장 반+짬뽕 반)도 처음 나올 땐 미소를 짓게 만들었지만 이젠 너무 고리타분하다. 'TV에 한 번도 안 나온 집!' 이 문구도 고리타분하다. '신속배달!' 이런 문구는 삼국시대에도 있지 않았을까?

고객이 나를 기억해야 성공할 것이 아닌가? 유머는 상대에게 사업자와 상품을 각인시키는 역할을 한다. '몽고반점!' 일단 듣는 사람으로 하여금 기억하게 만든다는 점에서 효과적이다. 식당 이름에서 엉덩이가 연상되는 게 좀 걸리긴 하지만. TV에서 본 피자 이름도 기억난다. '어깨를 피자'가 바로 그렇다. 마케팅의 성공을 위해서라면 유머가 필수다. 당신의 이미지, 당신의 표정, 당신의 말투, 당신의 스피치에서 사고방식까지 유머로 무장하라. 유머로 마케팅하라.

유머란 인격, 교양, 지식, 긍정마인드, 여유, 재치 등등의 총합이다. 혹시 돈의 심리학을 아는가? 돈이 있는 사람들은 돈을 쓰고 싶어 한다. 돈을 안 쓰면 돈을 체험할 수 없기 때문이다. 돈이야말로 부의 존재증명이다. 그렇기 때문에 돈 있는 자에게 돈을 쓰지 않는 것만큼 괴로운 게 또 없다. 이건 부자의 본능이다. 단, 자신을 유쾌하게 만들어 줄 사람에게 돈을 쓰고 싶어 한다. 그래

야만 돈 체험을 더욱 신나게 할 수 있으니까. CEO든 세일즈맨이
든 이 원리를 안다면 성공할 수 있다.

경제의 첫 번째 원리는 알다시피 수요공급의 법칙이다. 이것
은 구석기시대부터 지금까지 영원불변의 원칙이다. 구석기시대
의 신랑감 1순위는 사슴을 한 방에 잡는 힘센 남자였다. 수요는
많았고 공급은 적었다. 단연 인기였다. 농업이 발달한 시절엔 당
연히 힘 잘 쓰고 밥 적게 먹는 머슴이 1순위였다. 수요는 많았고
역시 공급은 드물었다. 지금은 다르다. 현대의 고객들은 웃겨 주
는 서비스를 원한다. 호텔 지배인, 제약회사 영업사원, 전자회사
CEO, 분식집 사장님 등등. 이들 역시 유머능력으로 먹고사는 사
람들이다. 아이템은 달라도 유머능력이 실적을 좌우한다. 요즘
회사에서 최고의 리더 1순위가 유머센스 있는 사람이다. 이는
당연한 사실이다.

유머는 의외로 수요가 많고 공급은 적다. 일본만 해도 웃음마
케팅이 발달해 있다. 우리나라는 아직 웃음마케팅도 멀었고 유
머마케팅은 극히 희귀한 상태다. 이 능력이 더해진다면 당신의
마케팅 경쟁력은 지금보다 수백 배로 더해질 것이다. 당신을 성
공의 종착역까지 태워다 줄 기차표를 끊어라. 다음은 유머마케
팅 3가지 실천사항이다.

첫 번째, 기억. 당신을 기억시켜라. 이름, 아이디에 유머를 색칠하라. 명함부터 바꿔라. 이름 삼행시, 톡톡 튀고 정감 가는 아이디. 아이디어를 짜내면 아이디가 빛난다.

두 번째, 차이. 남과 차별화되는 점이 있어야 한다. 흥미를 끄는 디자인, 색다른 서비스, 구별되는 분위기, 재기발랄 당신만의 유머 프레젠테이션.

세 번째, 표정. 웃는 표정, 밝은 표정을 연습하라. 인간은 감정의 동물이다. 웃으면 친구로 각인되고 웃지 않으면 남으로 입력된다.

여자의
마음을 잡아라

엄마가 오랜만에 미장원에 갔다. 주인이 엄마를 반긴다.

"정말 오랜만이네요. 그동안 안녕하셨어요?"

"네, 덕분에. 오늘 중요한 일이 있으니까 머리 손질 좀 빨리 해 주시겠어요?

시간이 없으니까 30분 안에 완성해 주세요."

"30분 안에요? 네, 알겠어요."

한참 손질하던 주인이 말했다.

"이왕 오신 거 머리를 마는 게 어때요? 훨씬 보기 좋을 텐데…."

훨씬 보기 좋다는 소리에 엄마는 솔깃했다.

"그럼 어디 간만에 파마나 해 볼까…."

그렇게 엄마는 머리를 말았다. 꼭 3시간 걸렸다. 머리를 만 채 뿌듯한 마음으

로 집으로 온 엄마. 집안의 공기가 썰렁했다. 그 후 엄마는 언니의 결혼식을

비디오로 봐야 했다. 다음의 문항에 나름대로의 체크를 해보자.

딸은 저 엄마를 이해했을까?   1. yes   2. no

이모는 저 언니를 이해했을까?   1. yes   2. no

할머니는 저 딸을 이해했을까?   1. yes   2. no

아들은 저 엄마를 이해했을까?   1. yes   2. no

남편은 저 아내를 이해했을까?   1. yes   2. no

외삼촌은 저 누나를 이해했을까?   1. yes   2. no

답: 위로부터 1, 1, 1, 2, 2, 2

　모든 여자 = 이해 함, 모든 남자 = 이해 못 함

구석기 시대부터 면면히 이어져 온 외모에 대한 여자들의 집념, 남자는 절대 이해 못 하고 여자는 당연 이해한다. 당신이 여자라면 여자의 외모(美)를 칭찬하라. 당신이 남자라도 여자의 외모(美)를 칭찬하라.

여자의 마음을 잡는 두 번째 단어는 사랑(愛)이다. 남녀는 사랑이라는 개념을 각기 어떻게 인식하고 있을까? 다음의 문장을 살펴보자.

To be happy with a man, you must understand him a lot and love him little.

: 남자와 행복하기 위해서 당신은 그를 많이 이해하고 사랑은 조금 해야 한다.

To be happy with a woman, you must love her a lot and not try to understand her at all.

: 여자와 행복하기 위해서 당신은 그녀를 많이 사랑하고 절대 이해하려 해서는 안 된다.

이 얼마나 단순하면서도 얼마나 명쾌한가? 유머적 수사의 위력이다. 또 다른 글을 한 편 더 감상하자.

결혼한 지 23년이 흘렀지만 서로에게 사랑한다는 말은 도통 입에 올리기 부끄러워하는 경상도 부부입니다. 처음엔 한 이불을 덮고 잤습니다. 그러다가 이제는 상대방이 뒤척이는 소리에도 단잠을 깨곤 합니다. 결국 각자 이불을 따로 덮고 자는 일이 일상사가 되어 버렸습니다. 하루는 잠자기 전, 아내가 장난으로 자기 손등을 내 팔에 쓰윽 문질렀습니다. 아니, 근데 글쎄, 찌릿찌릿하며 전기가 오는 게 아니겠습니까.

젊은 시절에도 오지 않던 전기가 이 나이에 온다는 것이 믿기지 않았습니다. 직접 내 손등을 아내의 팔에 문질러 보았습니다. 정말로 솜털이 서는 듯 찌릿한 느낌이 들었지만 대수롭지 않게 생각했지요. 하지만 아내는 이렇게 서로 전기가 통하니 우리는 분명 하늘이 내려준 천생연분이라며 좋아했습니다.

그 후로 잠자기 전이나 아침에 일어나면 서로의 팔은 물론이고 얼굴까지 손등으로 쓰윽 문지르며 사랑을 확인했지요. 그러던 어느 날 평소처럼 아내가 손등으로 나를 문질러 보더니 말했습니다. "어! 갑자기 전기가 안 통하네." 어, 우리 사랑이 벌써 식은 걸까. 의아해하고 있는데 문득 아내가 혹시 전기매트를 꺼서 그런 것 아니냐고 물었습니다. 설마하고 매트를 켜니 어이쿠 다시 전기가 오는 것이 아닙니까. 난방비를 아끼기 위해 사용해온 전기매트에 전자파가 흐른다는 사실을 실감한 씁쓸한 순간이었습니다. 그래도 나는 웃으며 "여보야, 이젠 마음이 통하는 전기로 중년의 행복을 새록새록 만들어가자." 하고 아내의 두 손을 꼭 잡았습니다.

– 『좋은 생각』에서 발췌

남자의 입장에서 보자면 사랑 전기인지 매트 전기인지가 중요하다. 하지만 여자의 입장에선 사랑이라고 받아들이면 그만이다. 효율성, 감수성 측면에서 확실히 여자가 남자보다 한 수 위이기 때문이다. 남자는 부부관계조차도 이성의 힘, 즉 머리로만 파악한다. 반면에 여자는 가슴으로 느낀다. 남자의 뇌는 기계적으로 만들어졌다. 그런 반면 여자의 뇌는 보다 복합적이고 융합적으로 만들어졌다.

남성들이여. 잘하면 잘한 대로, 못하면 못한 대로 그녀를 칭찬하라. 이럴 때일수록 유머의 도움을 빌려야 한다. 소크라테스의 아내는 악처다. 하지만 유머의 천재인 그는 사람들 앞에서 아내를 이렇게 칭찬했다. "마누라 덕에 내가 철학자 되는 거니 고마운 여자지요."

여자의 마음을 잡는 마지막 셋째가 돈(金)이다. 기념일 날 당신은 세 가지 중에 하나를 선물하려 한다. 첫째, 현찰. 둘째, 상품권. 셋째, 상품. 이 중에 무엇을 택할 것인가. 첫 번째를 택하라. 현찰을 선물하면 적어도 상대방에게 핀잔 듣는 경우란 없다.

이제 이렇게 정리할 수 있다. 여자의 마음을 잡는 세 가지 비밀은 금미애(金美愛). 이렇게 적어놓고 보니 사람 이름 같다. 자, 당신이 사랑받는 남자가 되려면 다음의 세 문장을 입술에 훈련시켜라. "여보, 여기 돈!" "여보, 당신 아름다워!" "여보, 당신 사랑해!" 오래전 청년 시절, 그녀의 마음을 잡기 위해 내게 유머는 필수였다. 중년이 된 지금도 마찬가지다.

성공하는 연인들은
끊임없이 유머한다

성공한 중년(old)이 되기 위한 방법은 몇 가지일까? 당연히 세 가지다. 영어단어에 쓰인 스펠링이 3개니까. 나이 들어갈수록 중요한 세 가지를 언급하겠다. 이 세 가지를 줄여서 다음과 같이 'old'라고 부른다.

O – Oxygen   산소 – 맑은 공기를 마셔라.

L – Laughter   웃음 – 많이 웃어라.

D – Date   연애 – 연애 감정을 품고 살아라.

옷 끝만 스쳐도 인연이요, 옷 속이 스치면 연인이라 했다. 귀한 인연으로 만난 연인들, 연애에 성공하는 비결은 무얼까? 연애하는 남녀의 말엔 유머가 있다. 그 유머가 둘 사이를 더욱 행복하게 만든다. 사랑이 유머를 불러오고 유머가 사랑을 불러온다. 유머는 남녀관계를 신혼으로 만든다.

신혼 땐 남자가 신난다. 반면 여자는 혼난다. 중년이 되면 신나고 혼나는 주체가 바뀐다. 남녀 사이가 지루해지고 무덤덤해지는 일상화가 진행되기 때문이다. 신혼 시절 색시를 보며 이글거리던 신랑의 독수리눈이 결혼 후 3년이면 어느덧 동태눈으로 바뀌어 버린다. 세계에서 가장 무뚝뚝하다는 한국 남자의 자화상을 나타낸 유머다. 아내가 청소할 때 한국 남자가 도와주는 일 3가지는 무엇일까? 첫째, 발을 들어 준다. 둘째, 옆으로 구른다. 셋째, 베란다에 나가 담배피고 온다. 남편들은 아내의 일을 도와주겠다고 말한다. 그 말의 진짜 속뜻은 무엇일까. 다음을 살펴보자.

첫째, "여보, 저녁준비 하는 거 좀 도와줄까?"
    ⇒ 왜 아직도 밥이 준비 안 된 거야! 벌써 5분 지났어!

둘째, "전 아내와 가사분담은 철저히 하죠!"
    ⇒ 난 어지르고, 아내는 청소하고!

셋째, "여보, 힘든데 청소는 좀 쉬었다 해!"
    ⇒ 청소기 소리 때문에 TV 소리가 안 들려!

분위기 넘치던 그 남자는 어디로 가고 어느새 곁엔 무덤덤하고 곰 같고 소 같은 남자만 남았다. 왜 이렇게 되었을까? 연인, 연애, 연분. 이 말들엔 '사모할 연(戀)'이 공통으로 들어간다. 이 글자를 파자해 보니 '말(言)'과 '마음(心)'이 들어있다. 연인 사이가 지속되려면 말이 통해야 하고 마음을 알아주어야 한다는 뜻이다. 연애가 실패하는 이유는 서로 간의 대화가 통하질 않고, 마음을 몰라주기 때문이다. 말과 마음을 완성하는 게 바로 유머웃음이다. 유머는 말의 윤활유이며, 웃음은 마음의 연결고리다.

『로마인 이야기』의 저자 시오노 나나미가 황제들 중에 최고로 꼽는 카이사르(시저). 그는 최고의 유머리스트답게 뭇 여성들로부터 최고의 인기를 누렸다. 그렇다고 부인을 무시하는 어리석은 짓은 하지 않았다. 부부동반 파티에서 아는 여성을 만나면 유머를 통해 즐겁게 해 주었다. 그리고 집에 가선 아까 만난 여성에 대해 이야기하며 아내를 웃게 해 준다. 가족이든 남이든 사람들 앞에서 상대를 면박하거나 무시하는 짓 따윈 절대 하지 않는 습관. 상대를 웃게 해 주는 습관. 이 두 가지 습관이 그의 인기 비결이다.

청년은 게임을 좋아한다. 중년은 사람과 어울리는 걸 좋아한다. 멋진 연애, 중년이 더 잘할 수 있다. 멋진 연인이 되고 싶다면 바꿀 것이 3가지 있다.

첫째, 굳은 표정 대신 웃는 표정을 만들어라. 웃음은 '나는 당신을 좋아해요'라는 얼굴의 언어다.

둘째, 무뚝뚝한 말 대신 유머를 하라. 유머는 '당신과 함께하니 세상이 천국이네요'라는 표시이다.

셋째, 비난과 잔소리 대신 칭찬을 하라. 칭찬을 하는 건 '나는 지금 당신과 있어 기뻐요'라는 징표다.

자녀를
성공시키는 유머

어느 초등학교 3학년 학력고사에서 다음과 같은 문제가 등장했다. 사슴이 거울을 보고 있는 그림이 제시되었다. 그림의 아래에는 다음과 같은 문항이 등장했다. '사슴이 ( )( )( ) 봅니다. 괄호를 채우시오.' 학생들은 괄호 안에 뭐라고 적었을까.

대부분의 학생들은 '얼굴을' 혹은 '거울을'이라고 적었다. 그러나 어느 학생들은 기상천외한 대답을 내놓기도 했다. '(미)(첬)(나) 봅니다 혹은 (돌)(았)(나) 봅니다."가 바로 그들의 대답이었다.

학생이 야단을 맞았을지 꿀밤을 맞았을지 궁금하다. 내가 교사라면 이러한 답안에 관해 어떤 평가를 내리고 어떤 멘트를 날렸을까. 아마 나는 칭찬했을 것이다. 두 가지 차원에서 말이다.

먼저 이러한 답안에서 학생의 창의성이 엿보인다. 특이하다는 점만으로도 박수를 받기에 충분하다. 다음으로 이 학생은 은근히 유머러스하다. 그 점에서 또 칭찬했을 것이다.

아이들은 유머의 천재다. 순발력 있게 토해내는 재치있는 유머를 요즘 말로 애드립이라고 한다. '애드립(adlib)'은 '애들 입'과 발음상 거의 같다. 아이들의 입에서 무슨 말이 나오는지 유심히 관찰하라. 유머는 아이들에게서 배워야 한다. 아이들은 유머의 천재다. 타고났다. 이 말은 인간은 원래 유머를 가까이하게끔 디자인된 존재란 말이다. 우리네 어른들은 천부적으로 타고난 유머감각부터 박살내는 걸 부모의 존재 이유로 삼았다. 이를 테면 이런 식이었다. "야 쓸데없는 말 좀 하지 마." "엉뚱한 소리 하고 있네." "그거 시험에 나오는 거냐." 유머경청 대응방식을 이렇게 바꾸어 보자.

바꾸기 전: 야, 엄마 바쁘다.
바꾸기 후: 너무 재밌다. 대박.

바꾸기 전: 유머보다 공부나 잘했으면 좋겠는데.
바꾸기 후: 우하하, 날 닮아 표현력이 짱이로구나.

물론 애들이 열 받게 할 때도 종종 있다. 동생 얼굴에 매직으로 그림을 그리기도 하고, 잠자는 누나 등짝을 의자 삼아 그 위에 앉기도 한다. 부모와의 1차 대전, 배우자와 2차 대전에 이어 길고도 험난한 자녀와의 3차 대전을 치른다. 우리 집도 마찬가지다.

지인의 딸이 초등학교 4학년 때의 일이다. 어느 날 아빠가 딸 아이에게 입맞춤을 했더니 아이가 하는 말, "아빠, 지금 성폭행해?" "지금 에로영화 찍어?" 이 말을 들은 지인은 그 순간 헐! 하고 놀랐단다. 이게 지금 아빠에게 할 말인가. 어이가 없고 분했단다. 이놈이 아빠 체면을 이리 손상시킬 수 있나? 서러워서 눈에 이슬방울이 맺혔다고 한다. 하지만 곰곰 생각해 보면 이해 못할 일도 아니란 거다. "아마도 그날 교실에서 친구들에게 들은 말을 써먹었던 게지 싶다. 그러면서 표현력이 늘고, 어휘력이 발달되고." 지인은 이렇게 대꾸했다.

부모의 이해력이 부족한 상태에선 아이들의 돌발행동이나 엉뚱한 말이 불편할 수 있다. 그래서 우린 전통이란 명분으로 아이들에게 유머도 하지 못하고, 질문도 못 하도록 막는다. 기발한 생각도 못 하게 말이다. 좋은 건 다 금지시켰다. 자녀를 진정으로 성공시키고자 한다면 지금 당장 금지를 풀어라. 아이들이 유머를 잘하는 이유는 두뇌가 활성화되었기 때문이다. 어른들의 뇌는 일종의 중고품이라 성능이 떨어진다. 성인들이 유머를 잘하는 경우는 딱 한 번이다. 연인이 생겼을 때이다. 그때는 각종 호르몬들로 인해 오장육부와 두뇌가 활성화된다. 유머 하면 어린이 뇌로 바뀐다. 한마디로 유머와 건강, 유머와 창의성은 거의 동일어라고 봐도 좋다.

이항복은 어릴 적부터 수재로 소문났다. 유머의 가치를 아는 지혜로운 부모를 만난 덕에 그의 재담은 어릴 적부터 꽃을 피웠다. 어린 이항복의 집에는 감나무가 한 그루 있었다. 어느 날 감나무 가지가 이웃집 담 너머로 뻗어 나가고 있었다. 이웃집 아이들이 감 따먹는 모습을 두고 그는 항의했다. 하지만 효과는 없었다. 약이 오르던 이항복은 옆집으로 쳐들어갔다. 대뜸 대감 댁 창호지를 뚫었다. 무슨 짓이냐며 냉큼 그 손을 거두어들이라고 호령하는 대감에게 이항복이 물었다.

"대감마님, 이 손은 방에 들어갔으니 대감마님 손인데 왜 저보고 거두어들이라고 하십니까?"

"네 몸에 붙은 손이니 그 손이 네 손이지 어째 내 손이냐?"

그러자 이항복이 회심의 한 방을 날렸다.

"그렇다면 우리 감나무에 붙은 가지는 과연 누구의 소유입니까?"

이웃집 사람들은 이항복에게 항복할 수밖에 없었다.

이 일로 이항복은 신동으로 소문이 났다. 만약 부모가 재담을 비웃었거나 만류했다면 유머 능력은 상실되었을 것이다. 당연히 훗날의 천재도 사라졌을 것이다. 세월이 흘러 나라의 기둥이 된 이항복. 그는 세월이 흘러도 여전히 천재였다. 선조가 이항복을 골리려 중신들과 짜고는 다음 날 입궁할 때 계란 하나씩을 가져오라고 했다. 드디어 다음 날이 되었다.

임금의 앞으로 중신들이 모였다. 임금이 말했다. "짐이 경들에게 준비하란 것들을 가져왔는가?"

그러자 중신들이 품에서 달걀 하나씩을 꺼내어 임금께 드렸다. 하지만 이항복은 멀뚱멀뚱 쳐다보고만 있었다. 중신들은 이항복을 손가락질하며 천재를 놀려먹은 기쁨을 만끽하고 있었다. 선조가 시치미를 떼고 말했단다. 어찌 계란을 내놓지 않냐고 말이다. 그러자 이항복은 꼬끼오 하고 닭 우는 소릴 내며 이렇게 말했다.

"전하, 소신은 수탉인지라 알을 낳지 못하나이다."

다른 중신들의 얼굴이 모두 발개지고 말았다.

부모들은 자신의 아이가 모두 천재라고 생각한다. 틀린 게 아니다. 누구나 천재다. 그 천재성의 징표인 유머를 북돋워 주기만 한다면 말이다.

꼴찌도
할 말이 있다

어떤 아버지가 반에서 맨날 꼴찌만 하는 아들에게 말했다.

"기말고사 때는 꼴찌에서 벗어나라. 그렇지 않으면 부자간의 인연을 끊겠다."

기말고사가 끝나고 아들이 돌아오자 아버지가 물었단다. 시험은 어떻게 되었냐고. 그러자 아들이 이렇게 되물었단다.

"아저씨, 누구세요?"

꼴찌를 받아 왔으니 부자의 인연은 끊어졌다. 이제 아빠가 아니라 아저씨다. 아저씨 주제에 시험을 어떻게 보았든 왜 물어본담? 아들이 기계적으로 상황을 파악하는 부분에서 웃음이 나온다. 인간이 흡사 기계같이 행동할 때 웃음이 나온다고 베르그송은 자신의 저서 『웃음』에서 설파한 바 있다. 얼핏 보면 아들이 볼트 너트로 조립된 기계같이 보인다. 아빠라고 해서 다르지 않다.

꼴찌가 되면 부자로서의 인연을 끊겠다는 발상이 황당무계하지 아니한가? 아이가 꼴찌성적을 받는 이유는 두 가지다. 첫 번째, 선천적 두뇌의 한계다. 두 번째, 후천적 노력의 부족이다. 첫 번째야 당연히 부모 책임이고 두 번째도 역시 부모의 가정교육에서 기인하는 바가 크다. 아들에게 큰소리치기 전에 가슴에 손을 얹고 부모 먼저 반성을 해야 할 일이다. 굳이 성적 책임을 물어 호적에서 파낼 거라면, 시원찮은 머리를 물려준 아빠부터 파내야 한다.

우리 사회에는 꼴찌를 용납하지 못하는 문화가 팽배하다. 올림픽 은메달도 양이 안 차는 판이니 하물며 꼴찌에 대해 고운 시선이 존재할 리 없다. 잘하면 인정받지만 못하면 국물도 없다. 가장의 마음에 안 들면 불호령이 떨어진다. 우리 집안에 너 같은 자식은 필요 없다. 당장 나가라. 오늘부로 부자의 연을 끊겠다. 사극에서 많이 나오는 대사다. 이런 표현은 가문중시, 집안 중시 시대의 산물이다. 문장 어디에도 낙오자에 대한 배려는 없다.

중년들은 이런 풍토에서 자랐다. 하지만 지금의 청년들에겐 안 먹힌다. 안 먹히면 폐기처분해야 한다. 효과도 없으려니와 구식으로 보인다. 이런 수직 문화는 사회를 병들게 한다. 부모나 선배로부터 부정적 세례를 오랫동안 받은 사람들은 냄비 속 개구리처럼 부정적 인간으로 서서히 바뀌어 간다. 급기야는 스스로에게 손가락질한다. "난 안 돼." "사람으로 태어난 건 불행이야." "난 못난 인간이야."

어린 시절에 들은 말은 마음 깊이 새기게 된다. 중년들은 원래 웃음이 없어지는 나이다. 게다가 이런 심성까지 겹치면 웃음이 더욱 사라진다. 외국인에 비해 우리나라 사람들의 얼굴이 어두운 건 이런 수직적인 서열문화, 우열문화의 책임 때문이기도 하다.

열등의 대명사 꼴찌가 욕을 먹어야만 하는 존재일까? 유머정신으로 보면 전혀 그렇지 않다. 6명이 달리다가 꼴찌를 제치면 몇 등일까? 5등도 아니고 6등도 아니다. 꼴찌는 못 제친다. 여기엔 두 가지 뜻이 내포되어 있다. 가장 한심한 상태란 부정적 해석이 첫째요, 이젠 오를 일만 남았다는 긍정적 해석이 둘째다. 당신은 이 중에 어떤 선택을 할 것인가? 부정적 해석을 하면 미움, 무시, 자학이 이어진다. 긍정적 선택을 하면 감사, 사랑, 웃음이 이어진다. 인간의 행복은 마음먹기에 달렸다. 유머가 마음먹는 일을 도와준다.

유머는 긍정적인 해석을 위한 중요한 도구다. 유머맨이 되라.

유머란 남을 웃기는 데도 도움이 되지만 부정적인 정보에 절은 뇌를 골든 뇌로 바꿔주는 데에도 효과적이다. 에디슨은 학업성적이 꼴찌였다. 하지만 엄마에겐 유머가 있었다. 엄마는 어느 날 아들에 대한 확신과 사랑이 듬뿍 묻은 눈빛으로 웃으며 말했다. 그 한마디가 에디슨의 운명을 바꾸었다. "디슨아, 학교 수업이 널 못 따라오는구나."

학교 성적이 나쁘다는 건 학교가 학생을 못 따라오는 것이요. 실적이 시원찮다는 건 업무가 그 사람을 못 따라온다는 뜻이다. 식스팩이 안 생기는 건 아령이 복근을 못 따라오는 것이요, 노래를 못하는 건 반주기가 못 따라와서다. 웨인브릿지 교수에 의하면 중년의 똥배도 에너지를 효율적으로 사용하는 진화의 산물이란다.

꼴찌에게는 희망이 있다. 오를 일만 남았기 때문이다. 꼴찌는 여유롭다. 아무도 나를 경쟁상대로 여기지 않기 때문이다. 공부를 못한다는 이유로 무시하고, 꼴찌라고 멸시하고 부모가 원하는 전공을 택하지 않는다고 질시하고. 숨 막힌 자녀가 부모에게 행하는 사회는 병든 사회다. 유머가 답이다. 애가 꼴찌라도 웃을 수 있다. 양손을 치켜들고 박자에 맞춰 외쳐라. 이렇게.

"아싸! 오를 일만 남았다."

"애가 꼴통이라도 웃을 수 있다."

"아싸! 내 자식 맞다."

고개를 들어 시대의 지평선을 바라보라. 성적 1등 자녀보다 행복 1등 자녀를 자랑하는 시대가 오고 있다. 이름하여 스마트 중년의 시대다.

경쟁사회

차 한 대가 길에서 큰 사고를 내고 뒤집어져 있었다. 마침 이곳을 지나던 한 젊은 기자가 사고 장소로 뛰어왔다. 기자는 사진을 찍으려고 했지만, 너무 많은 인파 때문에 도저히 가까이에 갈 수가 없었다. 기자는 꾀를 내어 소리를 지르기 시작했다.

"비켜주세요! 난 피해자의 아들이란 말예요! 비켜주세요!"

그러자 사람들이 그에게 길을 내주었고 기자는 차 앞쪽까지 다가갔다. 사고를 직접 목격한 기자는 할 말을 잃었다. 차량의 문 옆에는 개가 한 마리 죽어 있었다.

기자들의 경쟁은 과연 치열하다. 포토존에서 몇 시간을 기다리고, 경찰서에서 밤을 샌다. 검은 돈 탈세, 고위층의 부정을 취재

하며 당사자를 집요하게 물고 늘어진다. 기자를 보며 저 직업도 파란만장하구나 생각한다. 이 기자, 주 기자, 우 기자, 유 기자, 소 기자, 사 기자, 구 기자, 호칭만큼이나 격렬한 프로들이다.

경쟁하고는 거리가 멀게 보이는 의사와 약사도 치열한 경쟁 중이다. 지금 의사들이 당황하고 있다. 과거의 만만해 보이던 환자들, 정확히 말하면 시민들의 수준이 몰라보게 높아졌다. 시민들은 반말 비슷하게 무게 잡던 시건방진 의사들을 심판하고 있다. 대한민국 의사의 가장 큰 문제점은 의사소통이 안 된다는 점이다. 무슨 처방을 쓴 건지, 내 증세를 도대체 제대로 이해하고 있는 건지 환자들은 궁금하다. 하지만 세상은 점차 바뀌고 있다. 이제 환자가 갑이고 의사는 을이다. 이런 현상에 대해 청년 의사들은 적응한다. 하지만 중년 의사, 중년 약사들은 당황스럽다. 얼마 전까지만 하더라도 그들이 갑이었다. 하지만 지금은 소비자가 갑이다. 을 역할을 제대로 못하면 그나마 을 노릇도 못 하고 탈락이다.

상대의 의사에 대한 정확한 청취도 못 하는 의사가 어찌 생존하겠는가? 병원도 유머와 웃음을 도입해야 한다. 서울 송파구의 한 대형병원 앞 약국 경쟁은 참으로 치열하다. 술집에서도 손님 끄는 것을 보기 어려운 요즘이다. 'ㅇㅇ약국'이라고 쓰인 조끼를 입은 아저씨들의 백주대낮 환자쟁탈전이 치열하다. 약국이나 약사도 다른 사업과 마찬가지로 수요공급의 법칙대로 움직이는 경쟁직이다. 이미 칼자루는 소비자가 쥐고 있다. 약사가 말한다고 해서 무조건 약을 사진 않는다. 따뜻하고 친절한 약사가 있는 약국에서 약을 산다. 라면집도, 전자회사도, 의사도, 약사도 경쟁에서 이겨야 한다.

하긴 정자 시절부터 치열한 경쟁을 한 우리다. 경쟁이 힘들다고 도피할 길은 없다. 자본주의는 애당초 경쟁사회다. 심지어는 공산주의사회조차 당원 경쟁이 치열하니. 창업을 해도 경쟁이지만 직장생활도 경쟁이긴 마찬가지다. 승진 경쟁, 보직 경쟁, 아부 경쟁, 실적 경쟁 등 온갖 경쟁이 파다하다. 하지만 세상이 무섭다고 쫄지 말자. 우리에겐 유머가 있다. 유머는 아이디어를 제공한다. 엉뚱한 사고, 창의적 사고, 기발한 사고는 유머적 뇌의 산물이다.

울산에 조선소를 만들어라! 대통령의 특명을 받고 런던에 날아온 정주영 회장이 미팅장으로 나가며 잠시 걸음을 멈추었다. 정 회장은 고민했다. 과연 상대가 돈을 흔쾌히 꿔 준다고 할까, 아니면 꺼지라고 할까? 대출이냐, 거절이냐? 환대하려나, 박대하려나? 잠시 미간을 찌푸리던 정 회장이 염화시중의 미소를 지으며 지갑이 들어 있는 두툼한 왼쪽 가슴을 툭 쳤다. 대면하니 과연 상대방은 보통이 아니었다. 칼자루를 쥔 은행 총재의 논리는 이거였다. 후진국의 대명사 한국이 선진국의 대명사 일본보다 더 좋은 배를 만든다는 게 영 믿어지지 않는다. 고로 솔직히 말하면 대출해 주는 게 영 꺼려진다.

울며 애원하거나 떼를 쓰는 건 한국에서나 통하는 방법이다. 이성적이고 합리적인 서양 사람에겐 어림없다. 그렇다고 장황하고 지루한 설명식 화법은 애당초 정 회장과는 안 어울린다. 단순·통쾌식 유머화법으로 승부했다. 그는 지갑에서 500원짜리 지폐를 꺼내며 말했다. "거두절미하고 이 그림이 거북선인데, 400년 전에 일본 배를 이겼수."

그러자 박장대소가 터졌다. 상대방은 수락을 했다. 유머란 가장 감성적인 언어면서 동시에 가장 이지적인 소통법이기도 하다. 동서양, 남과 여. 누구에게나 들어맞는 특급화술이다. 무릇 사업가라면 알아야 할 진리가 있다. 고객을 웃기면 고객은 내 편이 된다는 것이다. 한국표 웃음경쟁법은 지금도 이어진다. 나이는 중년이지만 사고는 젊은 청년인 가수 싸이. 그의 '강남 스타일'은 유머적인 반복리듬과 코믹한 비디오를 통해 대박이 났다. '괴물', '왕의 남자', '해운대', '7번방의 비밀', '기생충' 등등 한국 영화도 할리우드 작품과 경쟁하여 연이어 대박이 났다. 비결은 웃음이다. 이 영화들은 관객에게 웃음을 주었다.

과거의 축구해설가의 자리는 소리 크게 지르고 흥분 잘하는 사람들의 몫이었다. 하지만 오늘날은 다르다. 부드러운 화법을 가진 가운데 맥을 콕콕 집어 주고 적절하게 유머를 제공하는 사람들이 축구해설가의 자리에 적격이다. 밖으로 표출되었느냐 잠재되었느냐의 차이일 뿐 누구나 유머요소를 가지고 있다. 진정한 유머정신은 희망과 긍정이다. 타고난 소수만이 유머를 향유한다는 게 과연 말이 되는가? 생각만 바꾸면 된다. 유머는 우리의 의식을 패배에서 승리로, 절망에서 희망으로 바꾸어 주었다. 의식을 성장시키고 발표력, 친화력, 사고력, 상상력을 신장시키는 힘, 그것이 바로 유머이다.

경쟁사회에서 살아남고 대박 나는 최씨 4형제를 소개한다.

첫째, 최선. 필리핀처럼 바나나도 없고 중동처럼 석유도 안 나고 겨울은 엄청 긴 상황이라면 일단 열심히 일해야 먹고 산다.

둘째, 최고. 최고가 되라. 우리나라가 최고인 제품도 상당하다. 조선업, 스마트폰, 자동차 부품 일부, 석유화학 일부 등에선 메이드 인 코리아가 세계 표준이다. 아, 빠진 게 있다. 양궁, 태권도, 쇼트트랙 등 몇몇 스포츠 종목도 최고다.

셋째, 최초. 잘하는 게 자신이 없다면 최초가 되면 된다. 찾아보면 얼마든지 있다. 당신이 직장인이라면 그 회사에서 오직 당신만이 할 수 있는 것 하나는 있어야 대접받는다.

넷째, 최면. 성공 마을 최씨 집안의 막내가 최면이다. 유머로 웃음 최면을 걸어라. 좀 전 언급했듯 웃는 순간 자신을 웃긴 사람에게 최면에 걸린다. 그 사람을 좋아하게 된다. 고객을 웃기자. 상사를 웃기자. 그녀를 웃기자.

고객의 마음을 잡아라

"저를 기억하시겠어요?"

한 중년여성 유권자가 국회의원 후보자에게 따지듯이 물었다. 후보자는 도무지 이름이 기억나지 않는단다. 정신을 차린 후보자가 재치 있게 한마디 해서 위기를 빠져나갔단다.

"부인, 제가 부인 같은 미인을 기억하고 있다간 아무 일도 못 했을 것입니다."

후보자가 성공적 대화를 한 요인은 무엇일까? 단연 유머다. 남자의 내면에 '힘 력(力)'자가 있다면 여성들의 마음 한구석엔 '아름다울 미(美)'자가 들어있다. 여성 심리의 메커니즘을 정확히 꿰뚫었기에 100점 커뮤니케이션에 성공했다. 기억을 못 하는 눈치를 보였다면 한 표를 잃었을 것이다. 그렇다고 아는 체를 했다가 발각되면 더욱 망신이다. 여자의 심리를 이용해 자신의 단점을 장점으로 바꾼 후보자의 유머센스가 돋보인다. 유머란 이런 거다. 위기를 기회로 바꾸고, 약점을 강점으로 승화한다. 여유와 재치가 한껏 돋보이는 유머에 여성들이 반하는 건 당연한 일이다.

사업하기 힘들다, 영업하기 어렵다, 매출이 안 오른다는 말을 자주 듣는다. 그래서 대안으로 생각한 게 경쟁업체보다 가격을 내리고 더 많이 홍보를 하는 일이었다. 하지만 그걸로 안 된다. 옆집은 가격을 더 내릴 테고 전단지를 돌릴 것이다. 덤핑혈투. 가격이 한없이 내려가면 재료가 좋을 리 없다. 상품의 품질은 자연스레 떨어질 것이다. 24시간 영업한 상점은 잠을 못 자고 결국 지치고 만다. 이건 공멸하는 패턴이다.

유머가 답이다. 고객을 웃기면 고객은 분명 사업주에게 호감을 느낄 것이다. 그러면 기업을 찾는 고객의 수가 늘어날 테고, 사업주는 기분이 좋아질 것이다. 창의력도 늘어나 발전이 이루어진다. 무엇보다 유머나 웃음은 원가가 들지 않는다.

A화장품회사에서 VIP 단골고객들을 초빙해 스킨케어 세미나를 열었다. 1부 화장품 시연에 이어 2부 강의시간을 가졌다. 초대 강사가 사회자로부터 소개를 받자마자 이렇게 말했다. "여러

분을 보니 문득 생각나는 영어 단어가 하나 있군요." 그러더니 칠판에 큼직하게 'Beauiful'이라고 썼다.

"이게 무슨 뜻인지 아십니까?"

청중들 중에 일부는 철자가 틀렸다는 것을 눈치챘다. 한 청중이 강연자를 향해 't'자가 빠졌다고 말했다. 연사가 빙그레 웃으며 말했다.

"맞아요. 이것은 '뷰티풀(Beautiful)'에서 '티(t)'를 뺀 것입니다. 여러분들처럼 티 없는 아름다움이란 뜻이죠. 여러분은 무슨 화장품을 사용하시나요?"

그제야 여성들은 강연자에게 웃음과 박수를 보냈다. 연사는 '여성의 참된 아름다움'을 주제로 한 본격적인 강연을 시작했다. 강연은 성공적이었고, 고객행사 잔치 전체가 멋지게 끝났다. 고객들은 상대의 말을 쉽게 믿지 않는다. 항상 마음의 벽을 세우고 있다. 유머를 통해 고객이 웃는 순간 그 벽은 무너진다. 마음이 교류되고 설득된다. 영업맨의 말에 고객이 마음을 열어 받아들이는 상태야말로 모든 영업맨과 홍보맨의 꿈이요, 바람이다.

웃기는 것도 중요하지만 고객이 웃겼을 때 타이밍 맞춰 웃어주는 것도 중요하다. 호텔, 항공, 골프, 보석 등 고급 고객일수록 유머를 좋아한다. 기왕 최고의 상품, 최고의 서비스를 받는다면 행복해지고 싶은 건 당연하다. 이런 마음이 유머를 구사하게 만든다. 당신이 이런 방식으로 회사를 운영할 것이라면 직원 교육을 할 때 유머도 함께 알려 주어라.

유머감각이 넘치는 한 스튜어디스의 이야기다. 유머로 재치있게 대응함으로써 남성 고객을 기분 좋게 만든 여성이 있다. 이 여성의 유머를 소개한다. 외국손님에게 음료수 한 잔을 권하자 손님은 "혹시 독주 아니냐?"고 농담을 걸어왔다. 그러자 이 스튜어디스는 "네, 사랑의 독주입니다. 한잔하시면 마음이 사랑으로 충만해질 겁니다."라고 말했다. 그러자 그 손님이 "굳, 굳, 베리 굳." 하며 만족해했다. 유머감각이 부족한 스튜어디스였다면 독주가 아니라고 열심히 설명을 했을 테고 손님은 아마 김이 빠졌을 것이다.

일단 상대방의 말에 예스를 해 주는 것이 대인관계 애드립 유머의 기본원리다. 현대 마케팅에서 웃음은 기본이다. 기본만 해선 살아남을 수 없다. 웃음의 설계도, 즉 웃음의 형님인 유머가 필요하다. 유머는 웃음을 만들어 내는 웃음공장이다.

중년은 청년만큼 몸도 피부도 아름답지 않다. 그래서 고객의 마음을 잡기 위해 유머를 더 많이 발휘해야 한다. 더 많이 웃어야 한다. 선진국에선 고객만족부서에 중년이 더 많다. 우리나라도 곧 그렇게 된다. 웃겨드리는 능력, 손님이 웃길 때 타이밍 맞춰 웃어 주는 능력이 있어야 프로세일즈맨이라고 할 수 있다. 고객마음잡기 영업(sale)맨의 실천사항을 다음과 같이 풀이해 본다.

S – smile·················· 미소

A – accept ·············· 수용

L – listen ················ 듣기

E – entertainment ··· 즐거움

감동을
주라

생명보험 영업사원이 한 대기업 회장을 만나기 위해 무던히도 애를 썼다. 하지만 그의 연락을 받은 비서실에서는 별다른 반응이 없었다. 마지막 수단으로 그는 회장에게 편지를 썼다. 그러자 바로 다음 날 비서실에서 연락이 왔다. 회장님이 만나시겠다는 기쁜 전갈이었다. 그는 그 면담을 통해 거액의 보험계약을 체결할 수 있었다. 편지 내용은 다음과 같이 간결했다.

"저는 하나님도 매일 아침저녁으로 만난답니다. 그런데 회장님은 영원히 만날 수 없군요."

회장이 알고 보니 그는 열심히 일하는 영업사원이었다. 머리도 좋다. 무엇보다 인간이 감동에 약하다는 사실을 아는 지혜로운 세일즈맨이다. 감동이란 글자를 파자하면 마음(心)을 움직인다는(動) 뜻을 품고 있다. 고객을 상대할 때 머리 100번 움직이는 것보다 마음 한 번 움직이는 게 효과가 더 크다. 이 사실은 필드를 누벼 본 세일즈맨이라면 누구나 아는 사실이다.

어떤 말에는 울림이 있다. 마음을 뒤흔들 정도로 울림을 준다. 그런 말들은 듣는 사람으로 하여금 무언가를 생각하게 만든다. 영업맨의 편지를 읽은 회장은 어떤 마음이 들었을까? '그렇지, 저 사람이 비록 영업사원이지만 나름대로 최선을 다하는구나. 나도 나의 신에게 성공과 건강을 비는데 저 자신도 비는구나. 신도 기꺼이 만나 주는데 내가 안 만나 준다는 게 말이 되나?' 영업사원의 말 한마디가 회장 내면의 신(神)을 움직였고 그 신이 다시 회장의 가슴을 움직인 것이다.

사람들은 잘난 사람, 돈 많은 사람, 많이 배운 사람, 권력 있는 사람에게 전화번호를 준다. 감동을 일으키는 사람에겐 마음을 준다. 오래전 대구 피난시절이었다. 조지훈 일행이 술집에서 젊은 군인들과 시비가 붙었다. 술 취한 군인 하나가 일행을 향해 총을 들이댔다.

"다 죽여 버리겠다."

긴장된 순간이었다. 그때 조지훈이 한마디했다. 그 말을 들은 젊은 군인들이 모두 부끄러워하며 돌아갔다. 그 한마디는 이것이었다. "아, 적을 피해 여기까지 왔는데 오늘 아군에게 죽는구나."

원래 전시엔 군인들의 끗발이 최고다. 조지훈 일행은 군인들을 발견하고 나서 무기를 소지한 군인들과 붙다니, 이제 죽었구나 싶었을 것이다. 하지만 조지훈은 펜이 칼보다, 붓이 총보다 강하다는 걸 보여주었다. 잠시 흥분해 총을 들이댄 젊은이에게 제정신을 찾게 해 준 건 조지훈의 아군적군론이었다. 난 단지 저 사람들을 시빗거리로 생각했건만 저 이는 날 아군으로 생각하고 있구나. 그것도 모르고 총부리를 겨누다니. 나 스스로가 부끄럽다. 청년에게 근육력이 있다면 중년에겐 지혜력이 있다.

청년 김두한을 건달계에서 은퇴하게 만든 것도 한 사람의 감동 화술 덕분이었다. 당시 종로 나와바리(통치구역)를 기반으로 전국의 주먹을 평정한 김두한 오야붕. 망치, 구마적 등 당대의 내로라하는 주먹들을 물리친 사람, 당시 표현으로 이뽕(한방)이라 불렸던 긴또깡(金斗漢)이 바로 김두한의 이명이었다. 그런데 어느 날 한 노인이 우미관에 나타나더니 일인자에게 다짜고짜 이렇게 말했다.

"에라, 이 한심한 놈."
어이없어 하는 김두한에게 그가 아버지 이야기를 꺼냈다.
"네 아버지(청산리 대첩의 김좌진 장군)는 나라를 위해 돌아가셨는데 너는 여기서 건달짓이냐?"
그 한마디가 청년의 가슴을 뒤흔들었다. 그는 그 후에 야당 국회의원이 되어 박정희와 맞장을 뜬다. 고려시대 문반들은 무반에 무심했다. 그래서 무신난이 일어났다. 모두 면제받는 양반들은 상민에게 무심했다. 상민들은 없는 살림에 군역, 세금을 홀로 책임진 형편이었다. 그래서 동학혁명이 일어났다. 대한민국의 집권자들은 민심에 무심했다. 결국 학생혁명이 일어났다.

남의 감정에 무심한 사람들이 있다. 오로지 나쁜인 사람들. 나쁜 사람들이다. 머리만 발달하고 가슴은 퇴화된 존재들이다. 사람인지 컴퓨터인지 구분이 안 간다. 마음의 온도로만 보면 포유류로서의 자격이 없고, 냉혈동물에 속하는 인간들. 그들은 혹시 전생에 파충류가 아니었는가. 다음은 새마을운동 노래 가사다.

"새벽종이 울렸네. 새 아침이 밝았네."

새마을 정신을 출발로 우리나라는 산업화에 성공했다. 대통령을 풍자해도 되는 나라, 민주화에도 성공했다. 이제 남은 과제는 사랑과 감동이 넘치는 인간적인 나라 하나 남았다.

유머와 웃음, 운동도 결국 인간적인 나라를 만들자는 것이다. 유머(humor)와 휴먼(human)의 어원은 하나다. 인간이 사랑을 잃고 서로를 착취하는 괴물로 변해 갈 때 그 뒤틀림을 바로잡는 것이 바로 유머의 역사였다.

'노(No)'라고 말하는 부하를 뽑지 마라

글의 제목을 보고 이리 생각할 사람도 있으리라 짐작된다. '거 제목이 이상한데, 혹시 잘못 쓴 거 아닌가? '노(No)'라고 말하는 부하를 뽑아라!'가 맞는 것 같은데….' 아니다. 잘못 쓴 거 아니다.

한 부부가 호숫가의 휴양지로 휴가를 갔다. 낚시광인 남편이 배를 타고 새벽 낚시를 나갔다. 몇 시간 후 보금자리로 다시 돌아와 낮잠을 자고 있었다. 잠 든 남편을 두고 부인은 밖으로 나갔다. 부인은 혼자 보트를 타고 호수 가운데 까지 나아갔다. 그곳에서 돛을 내리고 시원한 호수 바람을 즐기며 책을 읽고 있었다. 그때 어디선가 나타난 경찰 보트가 다가왔다. 보트를 타고 있던 경찰 이 부인에게 다가와 검문을 했다.

"부인, 여기서 무엇을 하고 계십니까?"

"책을 읽고 있는데요, 뭐 잘못된 것이라도 있습니까?"

"예, 이 지역은 낚시 금지 구역이라 벌금을 내셔야겠습니다."

"아니, 여보세요, 낚시를 하지도 않았는데 벌금은 왜 낸단 말이에요?"

"현장에서 낚시를 하고 있지는 않더라도, 배에 낚시 도구를 완전히 갖추고 금지 구역 내에 정박하고 있는 것은 벌금 사유에 해당됩니다."

"그래요? 그럼 난 당신을 강간죄로 고발하겠어요."

"아니, 부인 난 부인에게 손도 댄 적이 없는데 강간이라뇨?"

"당신도 필요한 물건은 다 갖추고 내 가까이 있잖아요?"

유머에도 뒷맛이 있다. 이 유머는 잘 익은 햇사레 복숭아를 베어 물었을 때의 느낌이다. 부인은 상대방의 논리를 그대로 이용해서 반격하는 셈이다. 이와 같은 이치는 유머의 핵심 원리 중에 하나다. 사람은 두 가지의 부류로 나뉜다. 주구장창 자기 주장만 내세우는 사람과 상대의 창으로 상대를 찌르는 사람. 상대의 창으로 상대를 찌르면 상대는 속수무책이다. 이게 지혜다.

반면 핏대만 세울 줄 아는 막무가내형 인간들은 어떠한가. 자기의 조그만 소우주 속에 갇혀 남이 어떻게 생각하는지, 남이 어떤 가치관을 가지고 있는지 관심도 없고 알려고도 하지 않는다. 화를 잘 내는 사람이 면역력이 약하고 일찍 사망한다는 기사가 심심찮게 등장한다. 심한 흥분은 심장병을 불러일으킨다.

건강의 손해뿐만이 아니다. 흥분만 앞서는 사람들은 대체로 설득력이 떨어지고 인간관계에서도 낮은 점수를 받는다. 게다가 가정과 직장을 엉망으로 만들어 놓는다. 핏대만 세울 줄 아는 핏대파 유형들의 입에서 나오는 말은 주로 "노(No)"다. "아들 No! 흙 만지지 마." "딸 No! 그 옷 입지 마." "김 대리 No! 토 달지 마." "손님 No! 잘못 알고 계시네요." "사장님 No! 따르지 못하겠습니다."

가정과 직장에서 소통이 안 되는 이유는 '노(No)'를 너무 남발하기 때문이다. 상대가 나를 거부하면 나도 상대를 거부하게 된다. 상사가 후배를 무시하면 후배도 상사를 무시하게 된다. 새내기가 상사를 공격하면 상사도 새내기를 공격하게 된다. '노(No)'는 인간관계 분리(分離)를 가져오고 분리된 조직은 경쟁에 불리(不利)해진다.

오늘날 우리나라 청소년의 자살률이 세계에서 가장 높은 이유, 직장 스트레스가 가장 심한 이유도 '노(No)' 문화와 무관하지 않다. 청년은 근육이 발달했고 중년은 지혜가 발달했다. 지혜란 내 지식이 별것 아니란 사실을 아는 능력이다. 남도 나 자신 못지않게 똑똑하고 훌륭하다는 사실을 아는 능력이다. 그러기에 중년들은 예스라고 외칠 줄을 안다.

혹자는 노(No)의 범람을 한국 사람이 개성이 강하기 때문이라고 말했다. 맞는 말이다. 한국 사람들이 똑똑해서 그렇다. 하지만 내 개성이 중요하면 남의 개성도 중요하다는 사실을 알아야 한다. 예스(Yes)를 제대로 사용하는 법을 배워야 한다. 예스(Yes)라고 말하면서도 얼마든지 상대를 설득할 수 있고 내 주장을 펼칠 수 있다. 부작용은 줄고 효율성은 훨씬 높아질 것이다.

사극에 보면 젊은 선비들이 임금에게 이렇게 충언하는 모습이 나온다.

"전하, 천부당만부당하옵나이다."

"상감마마, 제발 체통을 지키시옵소서."

천 번 만 번 생각해도 신하의 말이 옳다. 임금의 말은 틀렸다. 임금의 입장은 0.01%도 옳은 구석이 없다. 임금의 체통과 인격을 박살내는 화법이다. 우리 전통으론 이렇게 '노(No)'를 남발하는 신하가 충신이다. 그러나 임금의 기분은 어떨까?

여러 사람 앞에서 바보가 되고 미련한 리더로 낙인찍힐 것이다. 스트레스를 받은 임금은 신경질적인 성품이 되거나 오히려 용렬한 성격이 되기 십상이다. 이 전통이 지금까지 이어졌다.

"부장님 그건 아니죠." "사장님 그건 잘못된 결정입니다." 이런 표현은 용기는 있으나 지혜는 부족한 자세라고 볼 수 있다.

이렇게 말을 하면 상대방인 윗사람은 열 받는다. 당연히 상사에게 찍힌다. 몇 번을 반복하다 보면 상대 직원은 상사와 부딪히는 게 싫어서 입을 다물게 된다. 상사도 옹졸한 리더로 보이는 게 싫어 입을 다문다. 하지만 속은 펄펄 끓고 있는 휴화산이다. 결국 대화가 단절되고 만다.

퇴근 후 포장마차에서 상사를 씹는다. 그저 자기는 옳은데 상사가 잘못이고, 고객이 잘못이고, 세상이 잘못이라고 생각한다. 생산성 향상으로 가야 할 조직의 에너지가 다 새어 나간다.

우리 사회는 하지 말라는 소리가 너무 많다. "안 돼!" "하지 마!" "물러가라!" "틀렸어!" 거부의 반응을 들은 상대 역시 거부로 대응한다. 이러니 소통이 안 된다. 부모자식 간의 대화가 안 된다. 부부간의 갈등도 심하다. 노사갈등, 고부갈등, 지역갈등, 세대갈등. 갈등을 다룬 기사의 덧글란을 보면, 덧글의 90%가 악플이라는 것을 알 수 있다.

사회의 부정부패나 비리에 눈을 감으라는 말이 아니다. 바른 말이라도 싸가지 있게 해야 한다. 그게 바로 유머형 화법이다. 첫마디부터 예스(Yes)를 날려라. 일단 상대의 말에 응해야 한다. 그래야 상대방도 당신의 말에 귀 기울일 것이다. 바른 말을 하는 직원들은 조직에 꼭 필요한 사람일지도 모른다. 눈치만 보는 부하보다는 나은 면이 있다. 문제는 이들이 바른 말만 한다는 점이다. 바른 말만 하는 직원, 이런 이들은 너무나 많은 상처를 조직 곳곳에 입힌다. 인간의 심리나 감정에 굉장히 무지하기 때문이다. 이 원리에 의해 직원을 세 가지 유형으로 분류해 보았다.

이방형 바른 말 따위 하지 않는다. 줏대 없이 아첨만 한다. 자기 이익에 관심이 집중되어 있다. 특기는 손바닥 비비기. 취미는 눈알 굴리기와 딸랑딸랑.

독불장군형 자기 주장과 다른 의견을 가진 인간들 모두를 배척대상으로 본다. 자기 기분에만 관심이 집중되어 있다. 특기는 노(No)를 외쳐 남의 속 뒤집어 놓기다.

유머리스트형 첫 마디를 예스(Yes)! 상대의 입장을 일단 존중한 후에 상대를 설득한다. 설령 상대를 찌르게 되더라도, 나의 창이 아닌 상대의 창으로 찌른다. 특기는 설득, 취미는 조직 분위기 살리기.

이방형이 썩은 과일이라면 독불장군형은 덟은 과일이다. 바른 말을 싸가지 있게 표현할 줄 아는 숙성된 과일형 부하를 뽑아라.

회사에서
무게 잡지 마라

노래방에서

부장: 부르는 노래가 듣기 싫어도 2절 끝날 때까지 부하직원들은 '열중쉬어'

하고 있어야 한다.

대리: 분위기 봐서 썰렁하면 알아서 노래 끝내야 한다.

새내기: 전주 듣고 신나는 노래가 아니면 아무나 와서 강제로 꺼 버린다.

스트레스 해소

부장: 그 자리에서 소리 지르며 푼다.

대리: 회사 옥상이나 휴게실에서 자판기 쥐어박으며 푼다.

새내기: 퇴근 후 집 앞 쓰레기통을 발로 차며 푼다.

큰 회사의 중간 간부나 소규모 회사 사장들도 할 말이 있을 것이다. 그들은 이렇게 말한다. "우리 새내기 때는 더했어요. 요즘 친구들은 빠져가지고." "요즘 젊은이들, 어른에게 함부로 대한다니까요."

예전 상사들이 후배 인격을 함부로 무시한 것은 사실이다. 예전 새내기들은 더럽고 아니꼬워도 말 한마디 못 하고 참은 것도 사실이다. 하지만 그건 옛날 일이다. 과거에 그랬다는 사실이 지금도 그래도 된다는 걸 의미하진 않는다. 그땐 그때고 지금은 지금이다. 중요한 건 그런 문화가 지금의 생산성 향상에 도움이 되는가 안 되는가의 문제다. 도움이 안 된다면 아무리 전통, 습관, 관례일지라고 해도 척결해야 한다.

무시당하고 일하는 것보단 인정받고 일하는 것이 회사에도 구성원에게도 도움이 된다. 회사는 군대가 아니다. 후배를 상사의 기분풀이 대상으로 삼아선 안 된다. 아니 군대도 그래선 안 된다. 군대는 유사시 적을 섬멸하는 조직이지 유사시 후임을 섬멸하는 조직이 아니다.

비난과 잔소리, 인격무시가 조직 유지의 도구가 된 건 우리 사회의 오랜 전통이다. 이젠 시대가 바뀌었다. 반발의 목소리가 나오고 있다.

어느 회사의 영업회의에서 한 간부가 저조한 실적을 두고 직원들을 심하게 나무랐다.

"지금까지 여러분이 보여 준 초라한 실적과 변명만으로도 충분합니다. 여러분이 이 일을 할 수 없다고 할지라도 우리 제품을 판매할 사람들은 얼마든지 있습니다. 지금도 기회만 닿으면 뛰어들 사람이 줄을 섰어요."

이어 그 간부는 자신의 말을 확인하려는 듯 프로 축구선수 출신의 신입 사원에게 물었다.

"축구 경기에서 성적이 좋지 않을 때는 어떻게 합니까? 선수를 교체하지요?"

잠시 뒤 그 은퇴한 축구선수가 입을 열었다.

"팀 전체에 문제가 있을 경우, 보통 감독이나 코치를 갈아치우지요."

인격무시와 잔소리는 리더십의 부족을 반증하는 일이다. 그러니 유머리더십이 대안이다. 지적을 하더라도 미움의 감정을 제거한 후에 말하는 것이 좋은 방법이다.

어느 회사의 한 직원이 회사에 천만 원의 손해를 끼쳤다. 직원이 사장에게 말했다.

"회사에 손해를 끼쳐 죄송합니다. 사직하겠습니다."

그러자 사장이 어깨를 두드리며 말했다.

"그 천만 원, 교육비일세."

그 후 그 직원은 회사에 더욱 열심히 충성했고 회사에 수십억의 이익을 가져다 주었다.

유머리더십이란 결코 아랫사람의 비위 맞추기가 아니다.

한 분이 묻는다. "유머로 말해서 아래 친구가 기어오르면 어쩌지요?"

이분은 유머와 방임을 같은 것으로 보았다. 유머와 방임, 유머와 아첨은 같은 게 아니다. 오히려 반대다. 유머가 아니면 싫은 소리를 못 한다. 부작용이 생기기 때문이다. 유머로 치환하면 싫은 소리도 얼마든지 할 수 있다. 부작용이 없어서다. 그렇다고 해서 유머는 비웃기도 아니다. 가장 지혜롭고 가장 인간적이며 가장 효율적인 경영실천론이다. 설익은 리더는 스스로 무게를 잡는다. 존경받는 리더는 가만히 있어도 그 무게가 느껴진다.

위기를 모면하는
유머의 지혜

늘 원고지를 보면서 설교하는 목사가 있었다. 목사는 설교 시간 전에 원고지에다 설교 내용을 잔뜩 써 놓고는 그대로 줄줄 읽기만 했다. 어느 일요일 마지막 저녁 예배 시간이었다. 원고를 펼쳐놓고 읽어 내려가는 도중 전기가 나갔다. 목사는 누군가 장난을 치고 있다고 생각하였다.

"불을 켜시오."

목사가 엄한 목소리로 말하였다.

"불을 끈 게 아니고 전기가 나간 거예요, 목사님."

한 신도가 말했다.

"그렇다면 이거 정말 큰일이군. 원고가 안 보이니 이를 어쩐다!"

잠시 머뭇거리던 그는 즉흥적으로 말했다.

"만약 전기가 정말 나갔다면 그것은 지금이 바로 기도의 시간임을 알려 주는 것입니다."

순식간에 설교 시간은 기도 시간으로 바뀌었고, 모든 게 순조로이 흘러갔다.

설교 시간과 기도 시간은 따로 있는 게 아니다. 그런 걸 정하는 리더가 목사 아닌가? 순간적인 기지가 그를 위기에서 벗어나게 했다. 위기를 슬기롭게 모면하는 능력은 누구나 부러워한다. 하지만 이 능력을 소지한 사람은 극히 드물다. 하나는 고정관념 때문이고 또 하나는 당황하기 때문이다. 위기에 처하면 대부분 당황하고 만다. 결국 일을 그르치고 만다. 당황한 나머지 남들 탓을 할지도 모른다. 왜 나갔느냐, 왜 하필 설교 시간에 불이 나갔느냐며 전기를 담당하는 관리인을 탓할지도 모른다. 남 탓, 내 탓 하다 보면 수많은 사람의 예배 시간을 망치게 된다. 이와 같은 당황하는 습관은 다른 습관으로 바꿀 수 있다.

상황이 변하고 시대가 변하면 관념도 변해야 한다. 과거엔 과거관념으로 살아가고, 현재엔 현재관념을 가진 채 살아간다. 현재에도 과거의 것을 고집하는 게 고정관념이다. 고정관념에 빠져 화내지 말고 잠시 고정하라. 이것도 지나갈 것이다. 숨 한 번 크게 내쉬며 위기를 빠져나오는 유머공식을 떠올려라. 공식은 바로 이것이다. '첫 마디는 예스(Yes)!' 상대방의 말에 일단 예스(Yes)를 외쳐라. 상대방의 논리를 받아들여라. 상대의 창으로 상대를 찔러라. 전기가 나갔다고? 그럼 받아들이면 된다. 전기가 나갔군. 오케이, 그럼 기도 시간으로 돌리자. 위기 발발 시 두 가지 유형의 사람들이 있다.

유형1. 어떤 일이 발생해도 여유롭게 바라보는 유머형 인간.

유형2. 자기 뜻대로 세상이 안 돌아가면 불안해서 어쩔 줄 몰라 하는 어린애 같은 사람.

예수는 유형1의 사람이었다. 대적자(바리새인, 대제사장)들이 예수를 함정에 몰아넣기 위해 다음과 같이 고약한 질문을 한다.

"예수님 이 동전을 세금으로 바쳐야 할까요. 바치지 말아야 할까요?"

"거기에 무엇이 그려져 있는가?"

"물론 가이사(로마황제 시저)의 얼굴입지요."

"가이사의 것은 가이사에게 줘 버리게나."

여기서 말하는 '가이사'란 '율리우스 카이사르'를 뜻한다. 세금을 바치라고 하면 매국노가 된다. 그렇다고 바치지 말자니 법을 어기는 일이 된다. 이스라엘을 따를 것인가 로마를 따를 것인가? 손가락질인가 감옥이냐? 마음의 고통을 벗어나야 하는가 몸의 아픔을 벗어나야 하는가? 당황스러운 선택의 순간에 놓여 있다. 절체절명의 위기다.

유머센스가 예수를 궁지에서 벗어나게 했다. 가이사 얼굴은 꼴도 보기 싫으니 줘 버리라구. 대박!

삶에서 위기와 마주치는 일은 중년이 된 지금도 예외가 아니다. 부부동반 동창회를 다녀왔는데 아내가 따진다고 가정해 보자. 아내가 내게 묻는다.

"나 만나기 전에 다른 여자 만났었다며?"

위기의 순간이다. 어떡할까, 잡아뗄까? 어떻게 알았냐고 물어볼까? 한 번만 살려달라고 빌까? 셋 다 하수의 선택이다. 위기의 순간엔 예스(Yes)!

"물론이지. 당연해."

다른 여자를 만난 것은 당연한 일이며 그게 바로 당신을 위한 일이었음을 연결시켜야 한다. 대답 후에는 이렇게 말한다.

"리허설이었지, 자길 만나기 위한."

창업,
유머로 승부하라

어느 골목에 세 개의 식당이 있었다. 경쟁이 아주 치열했다. 한 식당이 '국내에서 제일 맛있는 집'이라는 간판을 크게 써 붙였다. 그 식당으로 손님이 몰렸다. 이에 자극을 받은 건넛집은 '세계에서 제일 맛있는 집'이라고 더 크게 써붙였다. 이번엔 이 집으로 몰렸다. 마지막 집이었다. 고민하다가 결국 간판을 붙였다. '이 골목에서 제일 맛있는 집'이라고 말이다. 그곳으로 손님들이 다 몰렸다고 했다.

두 식당은 욕심이 과해 실패한 것이다. 하지만 욕심 대신 유머적 문구를 선택해 대박이 난 세 번째 식당이야말로 현명했다. 은퇴자들 중에는 투자 실수로 인해 피 같은 퇴직금을 날리는 사람들이 많다. 우리나라의 명퇴자들 중에 상당수가 창업을 한다. 이들 중에 상당수가 음식점 창업을 한다는 게 문제다. 자영업자가 너무 많은 것도 문제다. 자영업자들 중에 식당이 대부분이란 것은 더욱 심각한 문제다. 수요공급의 법칙이 깨졌다. 그렇다고 방법이 없는 건 아니다. 문제는 홍보다. 유머러스한 간판, 유머러스한 접대, 유머러스한 인테리어, 유머러스한 표현, 유머러스한 사고방식으로 홍보해야 한다.

웃기면 기억하기 마련이다. 기억을 하는 사람들은 식당에 찾아온다. 알아서 찾아오면 홍보비가 절약된다. 음식점 주인이 가장 많이 시간을 소비하는 단계는 언제일까? 음식준비? 고객 명함정리? 청소? 직원 교육? 모두 아니다. 전단지 돌리는 시간이 제일 많이 걸린다. 남을 웃기면 전단지 돌리는 시간이 절약된다. 웃기면 팔리는 것이다.

유머와 재미를 추구하다 보면 저절로 따라오는 수식이 있다. 바로 '최초의'라는 수식이다. 남이 하지 않는 일을 추구해 보라. 유머적인 상상력을 발휘하는 게 생각보다 쉽다. 시금치+쭈꾸미=시금치 쭈꾸미탕. 당근+아구=당근 아구찜. 이렇게 해서 맛없으면 어떻게 하냐고? 그러면 다른 음식을 만들어 보면 된다. 다음은 결합법으로 초기에 대박 난 상품들이다. 닭+인삼=삼계탕, 오징어+삼겹살=오삼불고기, 라면+떡볶이=라볶이, 짜장+짬뽕

=짬짜면. 이미 성공한 사례를 패러디해서 가상으로 만들어보자. 쭈꾸미+삼겹살=쭈삼불고기, 오징어+돼지고기=오돼기, 오징어+닭고기=오닭, 라면+당면=라당면, 당면+떡볶이=당볶이.

유머란 원래 그런 것이다. 말도 안 되는 일을 서로 갖다 붙이는 말장난이다. 키스와 초콜릿의 공통점? 애인과 자동차의 공통점? 이런 유머를 창업에 활용하면 웃음과 희소성이라는 두 마리 토끼를 거저 얻게 된다.

식재료에 이어 서비스업에도 이런 발상을 적용시켜 보자. 방석 깔고 앉아서 먹는 양식당은 어떨까? 분식집에서 클래식이 흘러나오는 건? 막걸리집에서 넥타이 맨 신사가 서빙하는 모습은 어떨까? 말 나온 김에 식당 이외의 곳도 떠올려 보자. 그곳도 새로운 발상을 적용해 보자. 부천에 있는 한 부동산에 들어가면 그곳에 붙은 다음과 같은 안내문이 한눈에 들어올 것이다.

'집을 고를 때 아차차 주의할 점 10가지'라는 제목으로 주의할 사항을 명확히 밝히고 있는 안내문이다. 배수, 소음, 이웃, 전기, 수도, 개발, 주인 등등의 항목이 명시되어 있다. 부동산 주인은 이처럼 집 고를 때의 유의사항을 다 말해 준다. 대부분의 소비자들은 부동산 중개인들에 대한 피해의식을 가지고 있다. 좋은 건 뻥튀기하고 나쁜 것 감추는 사람들. 그 심리를 역이용하는 것이다.

　최고? 생각만 해도 끔찍하다. 도대체 얼마나 많은 경쟁자를 이겨야 하는가? 좋은 대학에 가기 위한 경쟁, 좋은 회사에 가기 위한 경쟁, 승진을 위한 경쟁, 사업을 위한 경쟁, 끝이 없다. 최고(The Best)를 꿈꾸지 말고 최초(The First)를 꿈꾸라.

　최초가 되면 누구와 경쟁할 필요 자체가 없어진다. 유머를 통한 관심 끌기와 최초의 1호 되기. 이것이야말로 성공의 비결이다. 인생의 제2막을 찾아 새로운 시도를 하는 중년들이여, 두려워 말라! 창업! 유머가 답이다.

첫인상과 끝인상이 성공을 좌우한다

오래전 우리 사회는 웃음이 메마른 곳이었다. 내가 "형, 안녕" 하고 말하면 상대방이 친절하게 응수해 주며 받아 주는 경우가 전무했다. 오히려 "뭐여? 쪼개냐, 시방?" 이런 식으로 대꾸하는 경우가 많았다. 부모님들도 대부분 무서워했다. "엄마 아빠, 이 건 고등어야, 갈치야?" 이렇게 물어보면 "오호, 우리 아들 궁금하구나? 하하 고등어란다. 학력이 제일 높은 생선."

이렇게 대꾸해 주기보다도 그저 무뚝뚝하게 응수할 뿐이었다.

우리나라 사람들의 첫인상은 대개 무뚝뚝하다는 것이다. 이런 인상은 불친절하고 남을 잘 무시하며 교만하다는 인상으로까지 확대된다. 굳은 표정 하나 때문에 상대방의 두뇌 파일에 나쁜 쪽으로 각인되는 것이다.

이런 부정적인 인식을 방지할 방법은 하나다. 웃는 표정을 만드는 것이다. 링컨의 말대로 나이 40이면 자기 얼굴에 책임을 져야 한다. 나이 40이 안 되었는가? 어서 스마일 라인을 만들어라. 40을 넘었는가? 지금이라도 스마일 라인을 만들어라. 아마 TV에서 보았을 것이다. 양쪽 검지손가락으로 입술 끝을 올리며 웃는 모습을 말이다. 방법은 여러 가지다.

그냥 웃기, 박수치며 박장대소하기, 뒹굴뒹굴 구르며 웃기, 사진 찍으며 웃기, 인사하면서 웃기. 다 좋다. 자주 하면 아주 좋다. 그러나 한두 번 하다 말면 별 효과 없다. 근육이 원래대로 돌아간다.

"실없이 웃긴, 애들같이." 이런 말 하는 사람을 만나면 웃는 게 뻘쭘해진다.

가능하면 유머와 웃음에 대해 긍정적인 사람들과 자주 만나는 게 제일 효과적이다. 유머웃음동아리에 참석해서 웃기를 권한다. 내가 회장직을 맡고 있는 모임이 있다. 이 모임에선 제발 웃지 말라고 잡아당기고 애원하고 말려도 소용없다. 그렇게 말려도 사람들은 웃는다. 모임에 들어온 지 6개월 정도가 지나면 사람의 인상이 밝고 따뜻하게 변하기 시작한다. 근육이 기억하고 자리 잡는 기간이다.

유머를 통해 첫인상을 좋게 바꾸자. 상대방도 마음의 문을 활짝 열 것이다. 사람들은 한 인간의 모든 부분을 기억하지는 못한다. 그저 첫인상만을 기억할 뿐이다. 그러므로 사람과의 만남에서 첫인상 5분을 사로잡지 못하면 좋은 인상을 심어 주는 것이 결코 쉽지 않다. 당신의 첫인상을 멋지고 매력 있게 책임져 주는 건 바로 유머와 웃음이다.

자연은 첫인상 못지않게 끝인상도 아름답다. 봄에 피는 꽃망울도 눈부시게 화려하지만 가을의 낙엽도 눈 시리우리만치 아름답다. 일출 못지않게 일몰도 가슴 메어지게 사람을 끌어들이는 힘이 있다. 인간관계 역시 그렇다. 끝이 좋아야 좋은 것이다. 사장이 유머를 날렸지만 도통 웃지 않는 직원이 있다. 왜 안 웃냐고 묻자 그 직원이 사장에게 이리 말했단다. 내일 모레 퇴사하기 때문에 안 웃어도 된다고.

이 직원은 아마도 사장의 환심을 사기 위해 우습지도 않은 유머에 평소 열심히 웃었나 보다. 환심을 사기 위해 웃기보단 내 기분을 위해 웃는 것이 바람직하다. 물론 억지로라도 웃는 것이 웃지 않는 것보단 낫겠지만 말이다. 퇴사하고 헤어질 때의 인상도 중요한 부분이다. 끝인상이 안 좋은 직원이라면 훗날 이것을 이유로 발목 잡힐지도 모를 일이다.

끝인상이 기억에 남는 분 중에는 김수환 추기경이 있다. 젊은

날의 내가 본 김 추기경의 첫 인상은 투사였다. 모두가 눈치 보던 시절, 그는 독재정권을 향해 추호도 양보하지 않고 정의와 민주주의를 요구했다. 군사정권에 눈엣가시였던 투쟁가 김 추기경. 독재정권이 물러나자 그분의 새로운 면이 보였다. 김 추기경이 잘못된 행동을 하는 일부 좌파를 공격하자 그들이 추기경을 손가락질했다.

"당신은 변절자, 전엔 우파를 공격하더니 이젠 좌파를 공격하는가?"

그러자 김 추기경이 특유의 익살을 부리며 말했다.

"난 좌도 아니고 우도 아니요. 전엔 너무 우측에서 날 보니 내가 좌파로 보였고 어느 날은 당신들이 너무 좌측에서 보니 내가 우파로 보였던 것이지."

당신은 사람들에게 어떤 인상을 남길 것인가? 단어의 첫 글자를 따라서 그 뜻을 간추려 보자. impression의 스펠링 개수가 많은 관계로 여기선 image라는 단어로 대체한다.

I – Interest   재미있다

M – Manner   매너 좋다

A – Active   행동적이다

G – Gag   유머가 있다

E – Edge   개성이 있다

CHAPTER 3

행복을 위해
유머가 필요한 이유

건강, 유머와 웃음이 답이다

어떤 부인이 길거리에서 담배를 피우고 있는 초등학생에게 다가가 얼굴을 찡그리며 꾸짖었다.

"네가 담배 피우는 것을 너의 엄마는 알고 계시냐?"

그러자 그 소년이 대답했다.

"부인, 부인이 거리에서 낯선 남자에게 말을 건다는 걸 남편께서는 알고 계신지요?"

만병의 근원에 빠지지 않고 이름을 올리는 게 바로 '흡연'이다. 그런데 사람들은 담배를 왜 이리 피워댈까? 담배를 피우면 좋은 점이 물론 있다. 아이들이 볼 땐 담배를 물면 왠지 어른이 된 느낌이다. 그 나이 때 담배란 분명 물리치기 힘든 유혹이다. 황홀

감이 생기며 스트레스가 사라진다. 이건 정말 기가 막힌 효과다. 담배연기마저 내뿜을 땐 몽롱함이 생기며 내 안의 근심걱정도 사라진다.

애연가의 대부분이 흡연하는 이유로 스트레스를 꼽는다. 스트레스를 줄일 수 있다면 건강에도 안 좋은 담배를 당장 끊겠다는 소리다. 나는 그들에게 대안을 제시한다. 금연을 결심한 분들이여, 담배 끊어 허전한 입에 유머를 물면 어떠실지?

유머는 스트레스의 천적이다. '힘들다'라는 말에 유머를 첨가하면 '다들 힘'이라는 단어가 된다. '자살'은 '살자'가 되고 'NO'는 'ON'이 된다.

흔히들 유머는 건강의 3요소라고 한다. 몸 건강, 두뇌 건강, 영혼 건강에 두루두루 좋은 것이 바로 유머다. 소주 한 박스를 들고도 끄떡없이 건물을 오르내릴 수 있는 이유는 몸이 건강하기 때문이다. 소주의 종류에 따른 맛과 도수, 원료 재료, 성분을 비교평가 하는 건 두뇌건강의 역할이다. 만일 소주 없이는 기나긴 밤의 외로움과 우울증을 견뎌 낼 수 없다면 그건 영혼 건강에 문제가 있다는 말이다.

기역(ㄱ) 트리오 건강법을 소개한다. 걷기, 긍정하기, 깔깔대기

등 모두 기역(ㄱ)으로 시작하는 단어들이다.

봄이 되면 마음 맞는 지인들과 산으로 들로 나간다. 성내천 한강공원에선 한강바람을 마시고 봄의 석촌호수를 걸으며 벚꽃도 만끽한다. 그들과 말도 안 되는 아싸를 외치며 일단 웃고 본다. "아싸 장사 안 된다, 아싸." "아싸 여자한테 차였다, 아싸." "아싸 나이 먹어 좋다, 아싸." 내가 회장으로 있는 한국유머센터엔 긍정적인 회원들로 넘쳐난다. 우린 무조건 긍정 동아리다.

깔깔대며 철없이 웃고 논다. 눈치를 챘겠지만 우리 회원들이 특별히 복 많은 사람들도 아니고 팔자 좋은 사람들도 아니다. 웃을 일이 있어서 웃는 게 아니고 그냥 웃는 거다. 습관이다. 웃음만큼 건강에 좋은 건 없다. 특히 중년들에겐 그렇다. 다음은 웃음의 효능이다.

로버트 버튼(Robert Burton)은 자신의 저서 『우울증의 해부학』에서 웃음의 효능에 대해 다음과 같이 말한다.

첫째, 웃음은 피를 깨끗하게 한다.
둘째, 육체를 활기차게 한다.
셋째, 우울증을 치료한다.

리 버크, 스탠리 텐(캘리포니아 의대 교수)은 실험을 했다. 10명의 남자에게 1시간짜리 폭소비디오를 보여준 후 반응을 살피니 체내 병균을 막는 항체인 인터페론 감마 호르몬이 다량(200배) 분비된 것을 발견했다고 한다. 이러한 실험 결과 논문을 발표했다. 논문 내용은 다음과 같다.

첫째, 웃음은 에피네프린과 도파민 같은 스트레스 호르몬의 감소를 가져온다.

둘째, 웃음은 질병과 싸우는 백혈구의 양을 증가시킨다.

셋째, 웃음은 면역체 반응을 조직하는 데 도움을 주는 T세포를 증가시킨다.

넷째, 웃음은 항체 면역글로빈 A를 증가시킨다.

다음은 웃음의 효능에 관한 홉킨스 병원의 연구결과다. 웃음은 다음과 같은 효능이 있다.

첫째, 순환기관의 활성화.

둘째, 소화기관 자극.

셋째, 심장박동수와 혈액순환을 높인다.

넷째, 혈압을 내려준다.

다섯째, 근육의 긴장을 완화한다.

여섯째, 엔돌핀 분비량이 증가한다.

윌리엄 프라이 2세는 이렇게 말했다.

첫째, 웃음은 호흡을 가쁘게 한다.

둘째, 수분간의 통쾌한 웃음은 수분간 노 젓기 한 것과 같은 운동량 효과가 있다.

반면 스트레스는 다음과 같은 부정적인 영향을 끼친다. 스트레스를 받으면 혈관이 축소되며 혈압이 올라간다. 스트레스가 유발하는 질병은 다음과 같다. 당뇨, 천식, 비만, 심장병, 골다공증이다. 또한 뇌세포를 죽인다.

웃음이 많은 사람은 실제적으로 웃지 않는 사람보다 더 오래 산다. "건강은 실제로 웃음의 양에 달렸다는 것을 아는 사람은 거의 없다." 이것은 제임스 월시(James Walsh)의 말이다. 윌리엄 프라이(William Fly)는 웃음에 대해 이렇게 말했다. "웃음은 전염된다. 웃음은 감염된다. 이 둘은 당신에게 좋다."

이렇게 묻는 사람도 있다. "근데 왜 내가 아는 아무개는 많이 웃었는데 일찍 죽었을까요?" 그 아무개는 웃지 않았으면 더 일찍 뜰 사람이었다.

재미난 거
어디 없나?

만약 당신이 진정 열정을 갖고 무엇인가 하기를 원한다면

그것만으로도 당신은 가장 쓸모 있고,

가장 많이 베풀며, 가장 가치 있는 사람이 될 것이다.

– 앤 모로 린드버그(Anne Morrow Lindbergh)

가치 있는 사람과 우린 같이 있고 싶다. 괴짜, 창의력 도사, 충동을 존중하는 사나이. 수많은 사람들에게 엄청난 일자리(jobs)를 제공한 스티브 잡스(Steve Jobs)를 읽고 필이 꽂혔다. 좋다. 내 마음 속에 충동감이 일어나는 걸 존중하고 그대로 실천해 보자! 이리 결심하고 정말 그대로 실천하게 된 건 지하철 사건 때문이었다.

모월 모일 모시 지하철역, 너무 피곤하다. 몸이 천근만근 쇳덩어리처럼 무겁다. 앉고 싶은데 좌석도 없다. 마침 자리가 났길래 앉으려던 참이었다. 그때 나보다 세 배는 더 빠른 속도로 돌진한 한 아줌마가 잽싸게 앉는다. 그 옆에 또 자리가 나서 앉으려 하자 아줌마가 맞은편에 있는 딸을 부른다. "얘, 이리 와 같이 앉자."

　분명 내가 먼저 도달했다. 그럼에도 맞은편의 딸에게 손짓하며 자리를 맡아 둔 아줌마를 설득하고 반격하긴 피곤한 일이다. 어찌할 도리가 없다. 그 좌석을 포기하고 원래 딸 좌석으로 가려는 순간 이미 그 자리도 다른 사람이 차지했다. 이상히 운수 나쁜 날이다. 잠시 후 또 자리가 나서 앉으려 하자 딸 또래의 여학생이 나를 흘낏 보더니 자기가 앉는다. 그때 내가 입고 있었던 청바지에 원색 티가 젊어 보였나?

　아, 그때처럼 친구 놈의 흰머리와 벗겨진 머리가 부러웠던 적은 또 없었다. 나는 왜 동안이란 말인가? 친구의 머리가 하얗게 세는 동안, 동창 놈들의 머리가 벗겨지는 동안 나는 뭘 했담? 그렇게 전철에서 서서 가고 있는데, 한참 후에 자리가 났다. 바로 코앞이다. 좌석까지의 거리도 멀지 않다. 얼른 가서 자리에 앉으려는 찰나, 어디선가 기침 소리가 들린다. 왠지 가슴이 철렁 내려앉는 느낌. 아, 그렇다. 저만치서 영감님이 다가오는 게 보인다. 양보할 수밖에 없었다.

숱한 좌석쟁탈전에 실패하고 점차 탈진해 갈 무렵이었다. 내 앞의 한 아저씨가 옆 사람에게 다음이 무슨 역이냐고 묻는다. 그리고 허둥지둥 보던 신문을 접고는 선반 위에 놓여있던 가방을 내려 그 안에 신문을 넣으신다. 이제 내릴 채비를 하나보구나, 싶었다. 나는 주저 없이 그 아저씨 앞으로 가서 섰다. 기다린 보람이 있었다. 희열감에 눈시울이 뜨거워진다. 드디어 문이 열린다. 그런데 당장 내릴 줄 알았던 아저씨가 내리지 않는 거다. 고속터미널에서 안 내리고, 그렇다면… 교대역에서 자리 교대하려나? 그러나 교대에서도 두리번거리기만 할 뿐 별다른 움직임은 없다. 그렇다면 혹시 남부터미널? 안 내린다. 아놔! 왠지 서러워 눈물이 난다. 아까와는 다른 성분의 눈물이다. 이어서 양재, 매봉, 도곡…. 줄기차게 안 내린다. 결국 아저씨는 내 목적지인 가락시장 바로 앞 수서역에서 하차했다.

참 허무했다. 여기에 오기까지 기대와 배신 사이를 숱하게 오가지 않았던가. 아저씨가 떠난 자리, 자리 하나가 남긴 했지만 난 끝까지 앉지 않았다. 까짓 한 정거장인데, 뭐. 그날 그 사건은 나에게 여러 가지 교훈을 주었다. 그것은 다음과 같다.

첫째, 체면을 얻으면 실리를 잃고 실리를 얻으려면 체면을 반

납해야 한다. 둘째, 동안이라고 해서 마냥 좋은 것만은 아니다. 셋째, 지하철에서 사람의 겉모양만 보고 판단하지 말라.

이 중에 세 번째가 마음을 충동질했다. 그래, 승객이 내리는 목적지를 서로 알려 주면 어떨까? 그러면 지하철에 더 큰 평화가 찾아올 텐데 싶었다. 난 마음이 시키는 대로 문방구에 가서 명찰을 샀다. 그곳에 적었다. '방이역' 명찰을 목에 걸려고 시도하다가 말았다. 혼자 킥킥 웃었다.

중년은 재미를 잃어버린 세대다. 생각해 보면 젊은 시절엔 참 재밌었다. 2교시 끝나고 도시락 미리 먹는 맛도 있었고, 입시 공부하며 독서실에 삼삼오오 모여 밤새는 재미도 있었다. 고등학교를 갓 졸업하고 머리 기르기도 재미, 미팅하는 재미도 있었다. 엠티, 서클활동, 동아리모임도 재밌었다. 청량리 시계탑 모여! 거기서부터 논다. 친구 기다리며 철퍼덕 앉아 기타를 꺼내기도 했다. 기차 안에서 기타 치는 것도 재밌었고, 청평 가서 고체 연료에 밥해 먹는 것도 재밌었다. 텐트치고 별 보며 눕는 것도, 옆 텐트 여학생들과 어울리는 것도 재밌었다. 어른들이 하지 말라는 건 다 재밌었다. 나이가 든 지금도 그렇게 살고 싶다. 내 안의 소년(Inner child)이 그걸 원한다.

젊게 살기 위해선 재미를 추구해야 한다. 나의 내면의 소리가 시키는 대로, 몸의 충동대로 살아 보라. 비를 맞고 싶다는 충동이 생기면 까짓것 산성비 겁내지 말고 우산 내팽개치고 비를 맞고 걸어 보자. 대로에서 뽀뽀도 해 봐라. 가끔은 남이 안 하는 짓을 해야 뇌도 작동을 하고 몸도 활력을 얻는다.

청년 시절엔 뭔가 재미있는 일이 생길 거라 기대한다. 그 기대가 현실을 끌어당긴다. 중년이 되면 더 이상 재미있는 일은 없을 거라고 판단한다. 그 판단이 그렇게 만든다. 하지만 중년이 되어서도 재미있는 일은 있다.

청년 시절엔 웃음이 잘 나왔다. 중년이 되고 보니 웃음이 덜 나온다. 그래서 의식적으로라도 웃는다. 썰렁한 유머에도 웃고 들었던 유머에도 웃는다. 의지와 노력 덕일까? 똑같이 찍은 사진일지라도 최근 찍은 사진 속의 나는 청년 시절의 사진 속 나보다 훨씬 많이 웃고 있다.

웃음을
선택하라

병원에 다녀온 병태의 안색이 좋지 않았다. 몹시 우울한 얼굴이었다.

"무슨 일 있었어요?"

아내가 물었다.

"의사가 나더러 이 하얀 알약을 매일 한 알씩 평생 먹으라는군."

"그게 뭐 그리 대수로운 일이라고 그렇게 우울해하세요?"

아내가 묻자 병태가 대답했다.

"그런데 의사가 일곱 알밖에 안 주더라구."

삶이 딱 일주일 남았다면 무엇을 할까? 그렇다면 웃자. 인생의 마지막 날엔 더욱 웃자. 웃음은 그간의 삶이 승리의 인생이었음을 반증해 주는 산물이다. 한숨 쉬면 그건 실패한 인생이다.

재미없으면 지는 인생이다. 실패란 낙담에서 기인하는 것이었다. 돈이 없어도, 암에 걸려도, 부도가 나도 항상 웃자. 다 잃어버려도 웃음만 잃지 않으면 당신은 실패자가 아니다.

웃음과 관련한 속담으로는 다음과 같은 것들이 있다. "웃는 얼굴에 침 뱉으랴." "제사상 돼지머리도 웃는 게 좋다." "웃으면 복이 온다." 등등. 웃으면 잠재의식이 내 편이 된다. 잠재의식은 우주나 신으로 대체할 수 있다. 우주가 나를 돕는다.

당신을 승용차 영업맨이라고 가정해 보자. 어느 날 고객이 찾아와 차를 구입하고자 당신에게 상담을 요청한다. 당신은 웃는 얼굴로 고객을 바라본다. 고객은 당신의 웃음을 보고 맘이 편해진다. 상대 고객은 생각한다. 당신의 그 웃음을 계속 느끼고 싶다고, 그러기 위해선 당신과 거래를 해야 한다고. 고객은 자동차를 구입하는 쪽으로 마음이 점차 기운다. '어차피 살 거라면 지금 사자.' '자동차가 있으면 물건 운반도 쉽고 얼마나 편리한가.' '더우면 벗고 추우면 입고.' 고객은 결국 자동차를 사기로 마음먹었다.

이번엔 반대로 당신이 웃음이 없거나 얼굴을 찡그린 상태일 경우를 가정해 보자. 고객이 당신의 찡그린 얼굴을 본다면 금세 마음이 불편해질 것이다. 고객이라면 당신에게 상담을 받고 싶지 않을 것이다. 고객은 이렇게 생각할 것이다. '꼭 사야 하나',

'꼭 산다고 해도 지금 사야 하나', '지금 사야 한다고 해도 꼭 저 인간에게 사야 하나', '요즘 주차하기도 힘들잖아? 기름 값도 비싸고, 음주운전에 걸리기라도 하면…'. 이런 메커니즘을 통해 고객은 결국 상품을 사지 않기로 결론을 낼 것이다.

인간은 자기가 보고 싶은 것만 보고 듣고 싶은 것만 듣게 마련이다. 중국 속담 중에는 '장사로 성공하려면 웃어라!'라는 속담이 있다.

청년의 특징은 핏대다. 중년의 특징은 웃음이다. 젊은 시절, 내 뜻대로 일이 풀리지 않으면 분해서 어쩔 줄을 모른다. 오랜 시간이 흐르면 인생이란 내 뜻대로만 흘러가는 게 아니라는 걸 알게 된다. 그리고 남의 뜻, 하늘 뜻도 존중하게 된다. 이것이 바로 중년이 웃는 이유다.

유머는
타고나야 하는 걸까?

국제도서전이 열리고 있었다. 이 세상에서 제일 두껍고 큰 책과 제일 얇고 작은 책이 전시되어 사람들의 호기심을 끌고 있다. 관람객들을 향해 안내원이 설명한다.

"여러분, 이 세상에서 제일 두꺼운 이 책은 부인이 남편에게 한 잔소리를 몽땅 써 놓은 책이고요. 이 책은 남편이 아내에게 한 말을 적어 놓았기 때문에 가장 작고 얇은 책이 됐습니다."

여성들이여, 잔소리 대신 유머로 말하라. 남성들이여, 우거지상 대신 웃음을 지어라. 최고의 프로골퍼 타이거 우즈가 골프공을 자유자재로 가지고 놀듯이 최고의 유머리스트들은 스트레스, 우울증, 질병, 심지어는 자신의 죽음까지도 유머 소재로 삼아 논다.

김수환 추기경이 선종하기 며칠 전 중환자실에서 잠시 의식이 깨어났다. 추기경은 자신을 돌보던 후배 신부에게 농담을 건넸다. "이보게, 내가 부활했네." 김수환 추기경은 그때 이미 죽음을 이겨 낸 것이다. 멋진 선종(善終)이다.

루스벨트는 재임 시절에 남에게 초조해하거나 낙담한 모습을 보이지 않은 것으로 유명했다. 그렇게 된 데에는 두 개의 중요한 비결이 있었다. 하나는 남다른 낙관주의, 그리고 또 하나는 그것을 세련된 유머로 표현하는 능력이다. 다음은 루스벨트와 어느 신문기자의 대화 내용이다.

"걱정스럽다든가, 마음이 초조할 때는 어떻게 마음을 가라앉히십니까?"

"휘파람을 붑니다."

"그렇지만 대통령께서 휘파람 부는 소리를 들었다는 사람은 없던데요."

"당연하죠. 아직 휘파람을 불어 본 적이 없으니까."

유머에는 두 가지의 종류가 있다. 하나는 '즉흥유머'이고, 또 다른 하나는 '준비된 유머'이다. 즉흥유머는 현장에서 만들어지는 것이요, 준비된 유머는 이미 만들어진 것이다. 수제품과 기성품, 즉석짜장과 짜파게티의 차이로 생각하면 이해가 쉽다. 앞에서 언급한 루스벨트 유머, 김수환 추기경의 유머가 즉흥유머이다. 그에 반면 책 읽는 유머는 준비된 유머다. 즉흥유머엔 순발력이 필요하고, 준비된 유머엔 기억력이 필요하다.

두 가지 유머는 각기 다른 차원에서의 필요성과 유용성을 지니고 있다. '즉흥유머(wit, 즉智, 애드립)'는 '유머훈련'을 거쳐서 도달할 수 있는 최고의 단계다. '장고파'가 종종 '속기파'를 압도하는 바둑과는 달리 위트에서는 착점시간이 유머능력을 가늠하는 중요한 척도가 된다.

유머란 발상과 기법을 몸에 익혀서 필요한 순간에 즉시 활용할 때에야 비로소 가치를 발한다. 단순히 시험문제 풀 때처럼 곰곰이 생각하고 궁리해서 답을 찾아내는 것이 유머는 아니다. 유머가 효과를 보느냐 그렇지 않느냐의 문제. 즉 유머의 성패는 결국 '시간의 최소화'와 '웃음의 최대화'에 달려 있다. 하나의 상황에서부터 발상과 표현을 거쳐 웃음에 도달하는 시간을 최대한 줄이는 것. 그러면서도 유머가 갖는 웃음의 효과는 최대한 높이는 것, 그리하여 어떤 상황에서나 완벽한 '리얼타임유머'를 구사하는 것이야말로 모든 유머리스트들이 꿈꾸는 궁극적인 목표라고 할 것이다.

이와 달리 '준비된 유머'는 말 그대로 상황에 앞서 미리 준비했다가 활용하는 유머다. 자기가 만날 대상과 대화의 주제가 이미 정해져 있고, 현장에서 활용할 수 있게끔 사전에 만들어 두는 유머다. 이런 유머는 사사로운 만남보다는 강연이나 연설, 비즈니스 상담, 프레젠테이션 등 공식적인 자리에서 훨씬 유용하게 쓰일 수 있다. 언뜻 생각하기에 준비된 유머는 즉흥유머의 능력이 떨어지는 사람에게 필요한 것처럼 보인다. 하지만 사실은 그렇지 않다. 준비된 유머는 발상에 시간이 걸리는 사람뿐만 아니라 탁월한 유머 감각과 순발력을 갖춘 사람에게도 마찬가지로 중요하다. 두 가지는 유머감각의 차이에 의해 구분되는 것이 아니라 상황의 차이에 의해 구분되는 것이기 때문이다.

사업을 위해 어느 바이어와 만났을 때, 중요한 목적을 가진 모임에 나갔을 때. 이럴 때는 모두가 첫 만남이기 때문에 분위기가 경직되기가 쉽다. 또 식순이 정해져 있는 강연회장에서 대규모의 청중들을 상대할 때는 즉흥유머를 구사할 만한 상황 자체가 거의 발생하지 않는다. 준비된 유머는 그와 같은 상황에서 긴장을 이완시키고 분위기를 장악할 수 있는 효과적인 수단이다.

유머 표현력을 키우기 위해선 상황에 맞는 유머를 구사할 수 있어야 한다. 유머도 운동이다. 근육을 키우듯 매일의 훈련과정을 필요로 한다. '유머는 타고나야 되는 거지요?' NO! 전혀 아니다. 선천적인 재능보다 더 중요한 것이 바로 그것을 행하려는 의지력이다. 의지가 있어야 한다. 야망, 열정, 노력, 태도. 이런 게 훨씬 중요하다. CEO 성공학 1장 1절에 나오는 말 중엔 이런 말이 있다. '능력 있는 젊은이보다 열의 있는 젊은이를 뽑아라.'

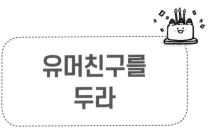

유머친구를
두라

　답답할 때 말이 통하는 친구, 꿀꿀할 때 웃을 수 있는 친구가 하나쯤은 있어야 한다. 그래야 살맛 나는 인생이 열린다. 정조와 정약용은 유머친구였다. 실학의 대가로 일컬어지는 다산 정약용이 뛰어난 재능을 가졌다는 것은 잘 알려진 사실이다. 그의 재능에 관한 야담이나 일화는 매우 많다. 그를 매우 총애하였던 정조와의 사이에 있었던 재미있는 일화를 보자.

　정조와 다산이 같은 글자 셋을 모았다. 한 글자로 만든 한자를 누가 많이 아는가 내기하였다. 두 사람은 번갈아 가며 자신이 아는 한자로 문장을 만들었다.

　"계집 녀(女)를 셋 모으면 간사할 간(姦)"

"날 일(日)을 셋 모으면 맑을 정(晶)"

"물 수(水) 셋이 모이면 아득할 묘(淼)"

"나무 목(木)을 셋 모으면 나무 빽빽히 들어설 삼(森)"

"돌 속(石)을 셋 모으면 돌 쌓일 뢰(磊)"

"입 구(口)가 셋 모이면 뭇 품(品)"

"불 화(火)가 셋 모이면 불꽃 염(焱)"

"벌레 훼(卉)가 셋 모이면 벌레 충(蟲)"

"털 모(毛)가 셋 모이면 솜털 취(毳)"

"귀 이(耳)가 셋이면 소곤거릴 섭(聶)"

"수레 차(車)가 셋 모이면 수레 모는 소리 굉(轟)"

"사슴 녹(鹿)이 셋 모이면 거칠 추(麤)"

유머를 구사하기 위해서는 일정 수준의 지능과 유쾌한 성품이 함께 필요하다. 정조와 정약용은 타고난 천재였으며 성품이 쾌활했다. 직위에 상관없이 둘은 유머 친구였다. 서로에게 끌린 것은 너무 당연한 일이었다. 정약용 없는 정조나 정조 없는 정약용은 어떠했을까? 당연 오아시스 없는 사막이요, 배터리 없는 스마트폰이었으리라.

링컨과 친구의 일화도 재밌다. 링컨에게도 유머친구가 있었다. 그날도 스트레스를 풀기 위해 친구를 찾아간 링컨이 친구를 향해 총을 들이댔다.

"친구야, 너 오늘 죽어라."

"왜?"

"하늘의 계시를 받았다. 나보다 못생긴 남자는 죽이라는."

그러자 친구가 한 말.

"그럼 죽여라. 너보다 못생겨서 살면 뭐하냐?"

유머 친구를 만들라는 나의 말에 다음과 같이 반론을 제기하는 사람들도 있다.

"친구 때문에 스트레스 받는 경우도 많다구요. 그래서 난 혼자 게임하면서 놀아요."

나도 게임 좋아한다. 혼자 노는 것이니 별로 스트레스 받을 일이 없다. 헌데 스트레스를 안 받고자 사람을 멀리하는 게 지혜로운 행동일까?

기계와 노는 건 일시적으로 머리를 비우는 쾌감은 있으나 한시적이다. 허전함, 우울함, 울적함이 생길 때 게임이 해결해 주진 못한다. 개에겐 개가 필요하고, 사람에겐 사람이 필요한 법. 인간의 근원적인 문제는 인간과 어울려 웃고 사랑할 때 해결된다. 게임은 게임이고 친구는 친구다. 유머 친구를 찾는 제일 좋은 방법은 바로 스스로가 유머형 인간이 되는 것이다. 잘 웃어주기만 해도 쉽게 가까워질 수 있다.

취미활동이나 동호회활동을 함께하는 사이라면 금상첨화다. 자주 봐야 하니까. 나이를 먹으면 나를 웃게 해주는 친구가 최고다. 다음은 이니셜로 알아본 유머 친구의 특징이다.

유 – 유연한 사고방식으로 애드립을 잘 날리는 친구.

머 – 머든지 들으면 웃어 주는 친구.

친 – 친구 입장을 항상 편드는 친구.

구 – 구김살 없이 밝은 웃음을 주는 친구.

긍정맨이 되라

당신은 당신이 저지른 실수의 주인이 되어야 한다.

그렇지 않으면 당신의 실수가 당신의 주인이 된다.

(You have to own your mistakes, otherwise your mistakes own you.)

– 파울로 코엘료

1. 치통의 법칙: 치통은 치과가 문을 닫는 토요일 오후부터 시작된다.

2. 라디오의 법칙: 라디오를 틀면 언제나 좋아하는 노래의 마지막 부분이 나온다.

3. 미용실의 법칙: 헤어스타일을 바꾸려고 작정하면 사람들이 갑자기 스타일이 멋지다고 한다.

4. 통화의 법칙: 펜이 있으면 메모지가 없고, 메모지가 있으면 펜이 없고, 펜

과 메모지 둘 다 있으면 메모할 일이 없다.

5. 편지의 법칙: 기막힌 문구가 떠오르는 때는 꼭 편지를 봉투에 넣고 풀로 붙인 직후다.

6. 쇼핑백의 법칙: 집에 가는 길에 먹으려고 생각한 초콜릿은 언제나 쇼핑백의 맨 밑바닥에 깔려있다.

7. 버스의 법칙: 버스 안에서 간만에 좋은 노래가 나올라치면 꼭 안내방송이 나온다.

8. 바코드의 법칙: 사면서 좀 창피하다는 생각이 드는 물건일수록 계산대에서 바코드가 잘 찍히지 않는다.

9. 인체의 법칙: 들고 있는 물건이 무거울수록 그리고 옮겨야 할 거리가 멀수록 코는 그만큼 더 가렵다.

10. 수면의 법칙: 코를 심하게 고는 사람이 항상 제일 먼저 잔다.

이런 걸 보고 맞다를 연발하는 사람은 부정적 사고의 소유자, 피식 웃고 잊는 사람은 긍정적 사고의 소유자이다. 혹은 언젠가 써먹기 위해 메모를 하는 사람은 무대적 사고의 소유자라고 할 수 있다. 부정적인 뇌가 발달한 사람에겐 세상만사가 부정적으로 보일 것이다. 부정적인 사람들과 엮이면 부정적인 일이 자주 일어난다. 긍정적인 뇌가 발달한 사람에겐 세상만사가 긍정적으로 보인다. 긍정적인 사람과 엮이면 긍정적인 일이 자주 일어난다. 당연한 이치다. 부정에너지와 긍정에너지는 주파수가 다르기에 각각 비슷한 것을 끌어당기게 된다. 이는 현대물리학에서도 입증

된 관찰원리이며 끌어당김의 법칙을 통해 증명된 원리이다.

옛날에 '장의'라는 사람이 있었다. 그는 춘추전국시대의 유명한 말꾼이었다. 지금으로 치면 웅변가나 개그맨, 방송인에 해당하는 사람이었다. 어느 날인가 그는 도둑으로 몰려 매를 맞게 되었다. 초죽음이 되어 장의사를 부를 처지가 된 그가 아내에게 하는 말이 다음과 같았다.

"몸이 다 망가졌구려. 근데 여보 내 혀가 제대로 붙었는지 보구려."

"혀는 말짱한데요."

"그럼 됐어."

말하는 일을 업으로 삼은 사람이라면 혀만 붙어 있어도 먹고 사는 일에 지장이 없다. 이처럼 만신창이가 된 몸마저도 장의는 유머의 소재로 승화시킨다. 이러한 해학과 여유를 밑천으로 그는 훗날 진나라의 대재상이 된다.

성공자들은 유머를 통해 자신의 장점을 극대화한다. 유머는 스트레스를 줄이고 웃음을 늘린다. 내 안에 긍정의 기운이 가득 차게 되므로 좋은 일을 자꾸 끌어들인다. 웃으면 복이 오는 원리다.

연이어 폭우가 쏟아지던 어느 날, 제자가 초조한 얼굴로 하늘을 보며 마크 트웨인에게 물었다.

"선생님, 이 비가 그칠까요?"

"그럼."

"정말요?"

"안 그치는 비는 없더군."

마크 트웨인(본명 Samuel Langhorne Clemens, 1835~1910)의 성공은
유머와 여유에서 기인한다. 한 인간으로서, 한 작가로서 말이다.
그의 소설『톰소여의 모험』과『허클베리 핀의 모험』에는 유머와
낙관주의가 숨어 있다. 『왕자와 거지』는 유머와 긍정의 문학이
다. 거지로 바뀐 왕자는 비참한 생활을 하는 중에도 품위를 잃지
않고 희망을 버리지 않았다. 왕자로 돌아갈 날을 조금도 의심하
지 않고 기다렸다. 결국 그는 다시 왕자의 직위를 찾는다.

그의 문학은 사실 그 자신의 이야기이기도 하다. 11살에 아버
지를 잃고 인쇄소 견습공 노릇을 했던 마크 트웨인. 그는 그 후
에 수로 안내인 일을 했다. 현실의 그는 비록 거지와 같은 몰골
이었지만 유머적 상상력과 긍정적 사고만큼은 이미 왕자라고 할
수 있었다. 자신의 상상력을 유머적 문체로 풀어 나간 것이다.
그리고 마침내 대문호의 꿈을 이루었다.

한국을 빛낸 단어들을 열거해 보자. 배, 자동차, 화학, 스마트
폰, 축구, 야구, 한류, 올림픽, 대장금, 강남스타일, BTS(방탄소년
단). 이 모든 것이 한국을 빛낸 단어들이다. 이 세상에서 가장 긍

정적인 사람들이 모여 가장 긍정적인 마인드로 가장 긍정적인 결과를 얻은 나라가 바로 한국이다. 자부심을 가질 만하다.

인생에서 가장 긍정적인 요소는 긍정이다. 지능지수, 재산, 집안, 학력. 이런 것들은 부차적인 요소다. 긍정적인 마인드야말로 무엇과도 바꿀 수 없는 인생 성공의 최고의 가치다. 긍정맨이 되라. 한 번뿐인 당신의 인생을 진실로 귀하게 여긴다면 말이다. 청년은 장미다. 아름답지만 가시가 있다. 중년은 국화다. 세상을 좀 더 원만하게 볼 줄 안다. 나만 해도 그렇다. 청년 시절의 사진보다 지금 사진 속의 내가 더 웃는 얼굴을 하고 있다.

즐겨야
이긴다

난 평생 단 하루도 일하지 않았다. 재밌게 놀았다.

– 토마스 에디슨(Thomas Alva Edison)

유머리스트에게 있어서 인생은 즐거운 놀이판이다. 그들에겐 위기조차도 일종의 놀잇감이다. 다음은 위기를 즐기는 데 도가 튼 처칠의 일화다.

어느 날이었다. 그는 미국 대통령과 사우나 회담 중이었다. 회담 도중에 중요 부위를 가린 타월이 흘러내렸다. 졸지에 가장 소중한 부분이 보이게 되었다. 당황스러운 순간이었지만, 그는 그 와중에도 웃으며 한마디 했다.
"거 보세요, 각하. 저는 하나도 안 숨기겠다고 했잖아요."

이 유머로 인해 미 대통령은 포복절도를 했고 정상회담은 대성공을 거두었다.

위기에 처하면 보통 당황하고 긴장한다. 그 당황, 긴장이 분위기를 불편하게 만들어 더욱 일이 꼬이게 된다. 하지만 처칠 같은 유머대가라면 이야기가 다르다. 실수를 박수로 만들고, 실패를 성공으로 만들어 버린다. 오늘날 리더에게 유머가 필수적인 이유다.

살면서 얼마나 많은 인생의 위기를 겪고 있는가? 실연, 실수, 실패, 낙방, 거절, 무안, 공격, 비난. 이렇게 힘든 순간을 겪는 청년 시절이면 나는 이렇게 생각하곤 했다. 인생은 연극이요, 게임이라고. 지금은 비록 조연이지만 이 연극을 잘 마치면 하늘이 날 주연으로 캐스팅할 거라고. 그렇게 생각을 바꾸니 웃음이 나왔고 힘이 생겼다.

스스로를 곤충이라고 가정해 보자. 곤충은 촉각으로 대화한다. 방바닥을 기며 곤충으로 변신하는 공상을 펼치고 있노라니 내가 인간이라는 사실이 새삼 다행으로 여겨진다. 눈이 있고 귀가 있어 행복하다. 매순간 오감을 즐겨 보라. 시각, 청각, 촉각, 미각, 후각을 느끼고 즐겨라. 각각의 감각을 즐기는 방법은 다음과 같다.

시각 즐기기	영화, 드라마, 책, 메신저, 미술, 일몰, 아기 얼굴
청각 즐기기	음악, 시낭송, 콘서트, 산새소리, 시냇물 소리, 파도 소리, 차 안에서 듣는 빗소리
미각 즐기기	TV에 소개된 맛집 순례, TV에 소개되지 않은 맛집 순례
후각 즐기기	아기 살 냄새, 라일락, 낙엽 태우는 냄새, 커피, 빵집 앞에서 빵 냄새 맡기
촉각 즐기기	키스, 허깅, 레크리에이션, 길에서 만나는 강아지 쓰다듬기

눈을 즐겨라. 귀를 즐겨라. 인간을 즐겨라. 무엇보다 유머를 즐겨라. 유머로 실패도 즐겨라. 유머로 가난도, 나이 먹음도, 흰 머리에 주름살도 즐겨라. 유머가 있으면 인생이 즐거워지고, 걱정이 많으면 인생이 질겨진다.

어떤 기자가 은행장과 인터뷰를 진행했다. 기자는 은행장에게 성공의 비결이 무엇이냐고 물었다. 은행장이 대답했다.

"딱 두 마디죠."

은행장이 대답했다.

"그 두 마디가 뭐죠?"

"올바른 결정."

"올바른 결정은 어떻게 내리죠?"

"딱 한 마디로 말할 수 있죠."

"그게 뭐죠?"

"경험."

"그럼 경험은 어떻게 얻죠?"

"딱 두 마디로 요약됩니다."

"그게 뭡니까?"

"잘못된 결정."

잘못된 결정도 결국 올바른 결정을 하기 위한 필수요소다. 그러니 실패도 성공 못지않게 즐길 수 있다. 청년시절엔 실수에 대한 자책도 많이 했다. 중년이 된 지금 당시의 젊은 나를 만나 이렇게 토닥거려 준다.

"괜찮아, 사종아. 자학하지 마. 그 당시 기준으로 보자면 넌 최선의 선택을 다한 거야. 그래서 지금의 내가 된 거고."

쉽게
살자

어느 날 아이가 아버지에게 물었다. 자동차 바퀴는 어떻게 돌아가는 거냐고. 아버지는 대답했다.

"연료가 연소되면서 발생하는 열에너지를 기계적인 에너지로 바꾸어 자동차가 움직이는 데 필요한 동력을 얻는단다. 후륜의 경우 클러치에서 변속기(트랜스미션), 추진축(프로펠러 샤프트), 차동기(디퍼런셜), 엑셀축, 후차륜의 순서로 동력을 전달하여 자동차를 움직이는 것이란다."

아이는 무슨 말인지 잘 모르겠다는 듯 고개를 갸우뚱거렸다. 곁에 있던 엄마에게 물었다.

"너무 어려워, 엄마가 설명해 줘."

마누라는 다음과 같은 한마디로 설명해 아이로부터 이해, 납득, 공감을 이끌어냈다.

"빙글빙글."

남자는 어렵게 말하고 아내는 쉽게 말했다. 남편 패(敗), 아내 승(勝)이었다. 초보강사는 어렵게 말하고 프로강사는 쉽게 말한다. 스피치를 익히기 위해 여러 강사들을 만나다 보니 이제야 알 것 같다. 프로강사와 초보강사의 차이가 보인다. 실력 있는 강사일수록 쉽게 말한다. 반면에 초보강사일수록 어렵고 난해하게 말하는 경향이 있다. 게다가 문자를 나열하여 청중을 힘들게 만든다. 유머에서도 마찬가지다. 유머도사들은 말을 간결하게 정리하여 바로 웃긴다. 초보들은 도대체 유머를 하는 건지 독립선언문을 읽는 건지 구분이 되질 않는다. 너무 길고 산만하고 장황하다. 유머를 통해 쉽게 사는 방법을 묵상해 보자.

정신과 의사를 찾은 남자가 심각한 얼굴로 말했다.

"침대에 눕기만 하면 누군가가 침대 밑에 있다는 생각이 듭니다. 침대 밑으로 들어가면 누군가가 침대 위에 있다는 생각이 들고요. 이거 미칠 지경입니다."

"2년 동안 나한테 치료를 받아야겠군요. 매주 세 번씩 오세요."

"치료비는 얼만데요?"

"한 번 올 때마다 50만 원입니다."

"생각해 보겠습니다."

이렇게 말한 남자는 이후로 병원에 오지 않았다. 6개월 후, 두 사람은 거리에서 마주쳤다. 의사가 그에게 물었다.

"왜 다시 오지 않았죠?"

"포장마차 아저씨가 단돈 만 원에 고쳐준 걸요."

"어떻게요?"

"침대 다리를 없애 버리라더군요."

1회 치료당 50만 원, 주 3회면 1주에 150만 원이다. 이런 치료를 2년 동안 한다고 해보자. 150에다가 100주를 곱하면 1억 5천만 원이다. 이토록 어마어마한 액수가 톱질 한 방에 굳었다. 참 쉽다. 인생살이에서 행복을 찾기가 어려운 이유는 바로 스트레스 때문이다.

돈 벌자니 자존심이 상한다. 건강하고 싶은데 약골이라 원통하다. 수영장에서 원피스 입고 육체미를 뽐내고 싶은데 몸매가 받쳐주지 않아 서럽다. 어느 세월에 돈 벌고 언제 병원에 가서 건강을 찾는가. 언제 쭉쭉빵빵한 몸매를 만들리오. 너무 어려운 삶의 미션이다.

이럴 땐 그냥 웃으면 된다. 유머웃음이 있으면 가난도 행복, 못생겨도 행복이다. 행복지수로만 따지자면 그 어느 부유한 선진국보다도 부탄의 행복지수가 훨씬 높다. 물론 여기에다가 돈도 많고 행복감도 높다면 금상첨화다. 삶의 장애물을 스트레스라고 생각하는 게 문제다. 어떤 사람에겐 장애도, 가난도, 나이도, 건강도 스트레스가 아니다. 스트레스가 오든지 말든지 웃으면 된다. 세상에서 가장 큰 걱정거리는 바로 걱정 그 자체다. 나자신을 괴롭게 하는 그 원인, 그것을 내려놓아라.

만약 가난해서 단칸방을 산다면 그 또한 좋은 일이다. 방 하나라고 해도 얼마든지 다양하게 즐길 수 있다. 쉽게 생각해 보자. 단칸방은 그 안에 어떤 물건을 배치하느냐에 따라 다양하게 활용할 수 있다.

밥상을 놓으면 식당

책상을 놓으면 공부방

방석을 깔면 응접실

이불을 깔면 침실

요강을 놓으면 화장실

담요를 깔면 도박장

있으면 있는 대로, 없으면 없는 대로 쉽게 살자.

첫째, 있으면 있으니 웃자. 둘째, 없으면 잃을 게 없으니 웃자. 셋째, 과거에 잘나갔으면 그 추억을 생각하며 웃자. 넷째, 과거에 지지리 고생했으면 지금 처지를 생각하며 웃자. 다음과 같은 걱정을 하며 어렵게 사는 사람들이 있다. 첫째, 있는 거 어떻게 지키지? 걱정. 둘째, 없는 게 억울해, 한숨. 셋째, 과거 잘나갔었는데, 후회. 넷째, 과거의 고생을 생각하며, 울분.

낫 놓고 기역자도 모른다고 한다. 하지만 그러면 어떠랴? 아는 지식이 많아 고민도 많은 사람보다는 지식수준은 낮아도 행복한 사람이 더 낫다. 청년 시절엔 없었는데 중년인 지금에서야 생겨난 것들이 정말 많다. 노트북, 아이패드, 파워포인트, 엑셀, 스마트폰, 카카오톡, 네비게이션 같은 도구들이 있다. 이 도구들을 사용할 수 있으면 사용하자. 하지만 사용하지 않는다면? 그러면 그대로 즐기길 바란다. 나만 못한다고 해서 스트레스 받을 필요는 또 뭔가? 법정스님은 아무런 문명기기 없이 산에서 살았지만 재미있게 지내지 않았는가. 언젠가 어느 책에서 읽은 구절이 떠오른다. '사소한 것에 목숨 걸지 말라. 모든 게 사소하다.'

청년 시절엔 모든 게 다 진지했다. 상대방과의 사소한 이견만으로도 온몸에 가시가 돋곤 했다. 그땐 고슴도치같이 서로를 찔러댔다. 그런 시절이었다. 하지만 중년이 되니 다르다. 모든 게 사소한 것이라는 사실을 깨닫게 된다. 젊은 시절의 근육과 맞바꾼 지혜 덕분이다.

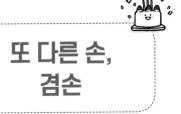

또 다른 손, 겸손

역사 시험에 다음과 같은 문제가 출제되었다.

"조선시대 신분 계급 중에 가장 낮은 계급은?"

모든 학생들이 "천민."이라는 답을 썼다. 올바른 답이었다.

하지만 맹구의 답안지에는 이렇게 적혀 있었다. "쇤네."

공맹(공자·맹자)의 영향인지 동양 문화권에선 겸손한 표현이 발달되었다. 쇤네, 소인(작은 사람), 과인(부족한 사람)이 바로 그것이다. 행동양식에는 다음과 같은 사항이 있다. 임금 앞에선 양 손을 모은다. 황제 앞에선 양 손을 소매 속으로 넣기도 한다. 손으로 공격할 의도가 없다는 데서 유래된 행동이다. 어른 앞에서 고개를 숙이는 것도 같은 맥락이다. 겸손하지 않으면 망신을 당한다는 속담도 있다. '여수에서 돈 자랑하지 말고, 순천에서 얼굴 자랑하지 말고, 벌교에서 주먹 자랑하지 마라.' 소설『태백산맥』에 나오는 말이다.

얼마 전까지만 해도 겸손이 부족해서가 아니라 넘쳐서 문제였다. 하지만 최근 개인주의 문화, 자녀 과잉보호 등으로 인해 겸손이 사라졌다. 겸손이 사라졌으므로 우리 모두 겸손에 대해 신경 쓸 필요가 없다고 생각하기 쉽다. 하지만 그렇지 않다. 겸손이 사라졌기에 겸손한 사람이 돋보인다. 희소성의 원리대로 한다면 이 시대의 겸손이야말로 성공의 지름길이다. 알다시피 겸손은 오늘날의 중년에겐 매일 입는 옷같이 편한 것이다.

한 남자가 노자에게 성공의 방법을 가르쳐 달라고 했다. 노자가 말한다.
"아무개를 잘 받드시오."
그러자 남자는 어이없다는 듯이 따진다.
"선생님, 잘 모르시나 본데 그 자는 나보다 더 낮은 사람입니다."
"강과 호수가 바다에게 충성을 바치는 이유는 낮은 곳에 있고자 하기 때문이요."

노자 시대나 지금이나 겸손의 가치를 잘 모른다. 하지만 겸손은 의외로 부가가치가 높다. 요즘은 흰머리가 희끗희끗하다. 옛날 생각이 나서 웃음이 난다. 이런 일화가 있었다. 오래전, 한 지인의 집에 들렀다가 나오는 길이었다. 지인이 현관까지 내려와서 나를 배웅하려고 했다. 나는 지인에게 제발 이러지 말라고, 두 손 싹싹 비비며 만류했다. 그래도 소용이 없었다. 한바탕 소동을 벌인 후 살펴보니 내 마음의 온도가 살짝 올라갔다. 그분의 겸손한 마음 씀씀이가 고마웠다. 남을 배려하는 마음, 남을 높이는 자세는 인간사회를 돌아가게 만드는 윤활유다.

유머와 겸손은 대체재가 아니다. 오히려 보완재에 가깝다. 삼겹살과 상추처럼, 맥주와 치킨처럼 두 가지의 인품을 함께 갖출 때 더욱 효과가 높다. 우리 사회는 아직 겸손문화가 필요하다. 아니 앞으로도 반드시 필요하다.

사실 형태의 차이만 있을 뿐 서양에서도 겸손은 미덕으로 꼽힌다. 겸손은 결코 고리타분한 구시대의 유물이 아니다. 겸손한 사람이 결국은 선택받는다. 내 방에 길쭉한 그릇이 두 개 있다. 선반 저 높은 곳에 있는 장식용 도자기는 남들의 시선을 한 몸에 받는다. 저 낮은 곳 방 한구석 귀퉁이엔 쓰레기통이 있다. 도자기는 우대받지만 쓰레기통은 천대받는다. 하지만 내 방을 깨끗하게 해 주고 내 허물을 감춰 주는 건 쓰레기통이다. 가장 낮은 자리에서 묵묵히 임무를 완수하는 그를 보며 겸손을 떠올렸다.

"쓰레기통, 발로 차지 마라. 너는 한 번이라도 남의 허물을 숨겨 주었느냐?"

겸손에 관한 실천론을 이응(ㅇ) 3개로 묶었다. 인사하기, 웃기, 예스하기가 바로 그것이다.

`인사` 상대가 자기보다 한 살이라도 많은 것 같으면 인사하라. 상대가 나보다 젊은 사람인 경우에도 인사하라. 상대는 감동한다. 인사 잘하는 사람이 성공한다.

`웃기` 나는 당신을 좋아해요. 그대 편이랍니다. 웃음은 이런 뜻을 내포하고 있다. 무표정을 짓거나 인상 쓰는 사람은 거만해 보이고 웃는 사람은 겸손해 보인다.

`예스하기` 상대방의 말을 인정해 주는 건 최고의 겸손이다. 인간은 누구나 타인에게 인정받고자 하는 욕구가 있다. 상대방의 말에 예스하기 위해선 나의 마음을 열어야 한다. 긍정적이고 유머러스해야 한다.

베풀며
살자

메이어라는 랍비는 설교를 잘하기로 유명하였다. 그는 매주 금요일 밤이면 예배당에서 어김없이 설교를 했다. 예배당에는 몇백 명씩이나 되는 인원이 한꺼번에 몰려들어 그의 설교를 들었다. 그들 가운데 메이어의 설교 듣기를 매우 좋아하는 여인이 있었다. 다른 여자들은 금요일 밤이 되면 안식일에 먹을 음식을 만드느라 바쁜데, 그 여자만은 랍비의 설교를 들으러 예배당을 찾았다.

메이어는 긴 시간 동안이나 설교를 했다. 만족스러운 설교였다. 여자는 예배당을 빠져나와 집으로 향했다. 그런데 현관문 앞에 남편이 서 있었다. 그녀를 기다리고 있던 그는 대뜸 화를 냈다. 내일이 안식일인데 음식은 장만하지 않고 어디를 쏘다니고 있느냐며 화를 냈다.

"도대체 어디를 갔다 왔어?"

"메이어 랍비님의 설교를 듣고 오는 길이예요."

그러자 완고한 남편은 몹시 화를 내며 소리쳤다.

"그 랍비의 얼굴에다 침을 뱉고 오기 전에는 절대로 집에 들어올 생각은 하지도 말어!"

집에서 쫓겨난 아내는 할 수 없이 친구 집에 머물며 남편과 별거하였다. 이 소문을 들은 메이어는 목이 메었다. 자신의 설교가 너무 길었기 때문에 한 가정의 평화를 깨뜨렸다고 몹시 후회했다. 그리고는 그 여자를 불렀다. 메이어는 여자에게, 눈이 몹시 아프다고 호소하면서 이렇게 말했다.

"남의 타액으로 씻으면 낫게 된다는데, 당신이 좀 씻어 주시오." 하고 간청하였다. 그리하여 여인은 랍비의 눈에다 침을 뱉게 되었다. 제자들은 메이어에게 "선생님께선 덕망이 높으신데, 어째서 여자가 얼굴에 침을 뱉도록 허락하셨습니까?" 라고 물었다. 그러자 메이어는 이렇게 말했다.

"가정의 평화를 되찾기 위해서는 그보다도 더한 일이라도 할 수 있다네."

독서를 통해 메이어를 알고부터인지, 나이가 든 이후부터인지, 혹은 그 둘 다인지 모르겠다. 어쨌든 나도 조금씩 베푸는 재미를 느낀다. 비가 엄청 온 날 밤이었다. 집으로 들어가는 골목길에 두꺼비 한 마리가 길 가운데 꼼짝 않고 앉아 있었다. 두꺼비 딴에는 자신이 안 움직이면 안 잡아먹을 것이리라 생각했던 모양이다. 두꺼비를 잡아먹을 생각은 추호도 없지만 잘못하면 차에 치일 것 같았다. 나는 차에서 내려 두꺼비를 숲 쪽으로 쫓았다. 또 한 번은 추적추적 비 오는 날이었다. 추풍령 휴게소에 서였다. 윈도브러시를 작동시키려다가 급히 멈추었다. 헐, 앞 유리 위에 호랑나비가 앉아있는 게 아닌가? 차에서 내려 나비를 날리며 한마디 했다.

"호랑나비야, 날아 봐. 다음부턴 생각 좀 하고 앉아라."

두꺼비를 도운 다음 날이었다. 감기가 떨어지고 나비를 도운 후 어깨 결림이 사라졌다. 베풂과 도움엔 확실히 보상이 있었다.

어떤 사람이 캄캄한 밤거리를 걷고 있었다. 그때 맞은편에서 장님이 등불을 들고 걸어왔다. 그 사람이 장님에게 물었다.
"당신은 장님인데, 왜 등불을 들고 다니지요?"
그러자 장님이 대답했다.
"내가 이 등불을 들고 걸어가야 눈뜬 사람들이 장님이 걸어가고 있다는 사실을 알 수 있을 테니까요."

장애인도 남에게 베풀며 사는데, 우리는 과연 어떠한가. 얼마나 베풀며 사는가? 청년은 자신만만하다. 반면 중년은 넘어져 생긴 상처가 많다. 남의 상처도 나의 그것만큼 아프다는 사실을 안다. 그래서 베풀 줄도 안다. 이것이 사회를 지탱시키는 힘이다. 중년은 사회의 가장 중요한 세대다.

내 인생에
박수를 보낸다

인간을 괴롭히는 감정에는 여러 가지가 있을 것이다. 그중에 열등감만큼 고약한 것도 없다. 잘난 친구 만나면 외모 열등감, 공부 잘하는 친구 생각하면 성적 콤플렉스, 젊은 사람들을 보면 나이에 대한 부러움을 느낀다. 그 외의 재산, 자녀, 건강까지 수많은 열등감이 사람을 잡는다.

어떤 날엔 배도 살살 아파 오고, 머리도 지끈거리고, 한없이 우울해지기도 한다. 누군가를 향한 욕도 나온다. 이런 게 쌓이면 병이 된다. 가끔 열등감을 우월감으로 바꾸는 능력을 가진 사람들을 본다. 스스로를 향해 박수를 쳐 주는 사람. 이런 사람들은 남들에게도 웃음과 용기, 희망과 자신감을 불어 주는 재능인이다. 우리는 그들을 두고 유머형 인간이라고 부른다.

두더지(野鼠: 야서)가 그 자식을 위해 지위 높은 혼처(婚處)를 구하려고 했다. 처음에는 하늘을 찾아갔다. 세상에서 가장 높은 것은 오직 하늘이라 여겨 하늘에 청혼(請婚)을 한 것이다. 그러나 하늘은 말했다. "내 비록 만물(萬物)을 총괄하고 있기는 하지만 해와 달이 아니면 나의 덕(德)을 드러낼 방법이 없네."

그래서 두더지는 해와 달을 찾아서 혼인을 구했다. 그러나 해와 달은 말했다. "내 비록 널리 비추지만 구름이 가리니 그것이 나보다 높다네."

두더지는 다시 구름을 찾았다. 구름의 대답은 이랬다. "내 비록 해와 달의 빛을 덮어 비치지 못하게는 하지만 바람이 한번 불면 모두 흩어지고 만다네. 그러니 바람이 나보다 더 높네."

두더지는 또 바람을 찾아 혼인을 구했다. 그러자 바람이 이렇게 말했다. "내 비록 구름을 흩어지게 할 수 있지만 저 밭 가운데에 서 있는 돌부처는 자빠뜨릴 수가 없으니 그것이 내 위에 있네."

두더지는 하는 수 없이 돌부처에게 가서 청혼했다. 돌부처는 이렇게 말했다. "내 비록 바람은 두려워하지 않지만 오직 두더지가 내 발 밑을 뚫고 들어오면 자빠지는 것을 면할 수 없으니 두더지가 더 높다네."

왠지 백조보다 없어 보이고 호랑이나 여우는 물론 다람쥐보다도 밀려 보이는 두더지. 그는 과연 열등한 존재가 아니었다. 두더지와 같은 존재가 또 있다. 바로 인간이다.

본래 열등한 존재가 아닌데 스스로 열등감에 파묻혀 사는 유일한 생명체가 바로 인간이다. 열등한 사람들은 스스로를 비난한다. "난 한심해." "난 못났어." "난 두더지 같은 존재야." 이런 말들로 스스로를 비난하고 있다.

자신을 비하하면 운명도 나 자신을 비하한다. 자신을 높이면 남도 나를 높인다. 열등감이 나를 치고 가면 얼마나 아픈지 모른다. 내가 나를 치니 말려 주는 사람도 없고 그 심정 알아주는 사람도 없다. 이래서는 살 수가 없다. 살기 위해 생각을 바꾸었다.
"사종아, 울지 마라 유머가 있다. 내가 어때서? 이만하면 박수를 받을 만하지. 아싸!"

배우 얼굴 아니어도 웃음 얼굴 꾸며 보세!
웃다 보니 인상 살고 유머하니 말빨 늘고.

유산 부자 아니지만 노력 부자 되어 보세!
집필 노력 연설 노력 팬 생기고 명예 얻고.

초장 인기 미약하나 말년인기 얻어 보세!

노력하니 인정받고 웃다 보니 박수 받고.

신은 우리에게 유머를 주었다. 신품인 어린아이들은 유머를 잘한다. 웃는 것도 잘한다. 그 결과 어린아이들은 어른보다 더 오래 산다. 유머는 대화도구이면서 동시에 힐링도구다. 유머는 인생에 박수를 치는 것이다. 실패인생이 성공인생이 되고 꼴찌인생이 선두인생으로 탈바꿈한다. 비난받을 상황이라고 해도 유머를 첨가하면 박수를 받을 일로 변한다. 유머적인 끼와 표현력을 배워 세상을 다른 각도로 보면 된다. 스티비 원더(Stevie Wonder)가 그런 사람이었다.

어린 시절 시각 장애인이었던 스티비 원더는 유머마인드로 열등감을 극복했다. 그가 훗날 세계적인 뮤지션이 된 데에는 청력과 함께 유머가 한몫했다. "일반 사람들은 보통 수준의 시력과 보통 수준의 청력을 가지고 있어요. 은메달을 두 개 가진 셈이지요. 하지만 저는 월등한 청력을 가지고 있지요. 금메달 한 개 가진 것과 같아요."

대부분의 사람들이 유머 원리를 모르고 어두운 감정의 노예가 되어 자신에게 손가락질하며 괴롭게 산다. 분노와 두려움에 고통받으면서도 바꿀 생각을 하지 않고 으레 그러려니 한다. 유머적 훈련이 된 사람이라면 그런 감정쯤은 얼마든지 바꿀 수 있다.

타이어 교환하듯 감정시스템도 수시로 바꾸어야 한다. 그러면 감정의 주인이 될 수 있다. 드라마 현장, 큐 사인이 떨어지면 배우들은 3초 이내로 희노애락 등의 감정에 몰입한다. 배우에게 배우라. 우리도 인생 드라마의 주연배우로서 감정을 바꾸어 보자.

다음은 말장난을 통한 인식의 전환이다.

자살 -> 살자

힘들다 -> 다들 힘

NO -> ON

거지 -> 거룩한 지성인

바보 -> 바라볼수록 보고파지는 사람

무지 개 같은 팔자 -> 무지개 같은 팔자

거울을 보며 이렇게 외친다. "이게 어때서, 이만하면 멋진 사람이잖아. 좋아! 너 멋져." 후회 stop! 비관 stop! 절망 stop! 손가락질을 멈추고 내 인생에 박수를 보내라. 짝짝짝. 청년 시절에는 자신에게 비판을 가한다. 문제의식에서 비롯된 행동이다. 시간이 지나 중년이 되면 자신에게 비판이 아닌 박수를 보낸다. 힐링을 위해서다. 중년, 즐겁고 편안한 나이다.

CHAPTER 4

소통을 위해
유머가 필요한 이유

남과 여,
그 감미롭고도 지겨운 관계

여자의 혀는 그녀의 신체 중에서 가장 마지막으로 숨을 거두는 곳이다.

- 서양 속담

진찰을 마치고 난 의사가 여자 환자에게 주의사항을 일러 주었다. 규칙적으로 목욕을 하셔야 하고, 맑은 공기를 많이 마셔야 하고, 옷은 따뜻하게 입으라고. 그날 저녁 남편이 그 여자에게 진찰결과를 물었더니 여자가 한다는 소리. "지중해에 가서 수영을 해야 하고, 알프스에 가서 휴양도 해야 하고, 즉시 밍크코트 한 벌을 사 입어야 한대요!"

이런 아내라면 왠지 밉다고 생각하는 남성이 많지 않을까. 하지만 사랑을 하면 상대방이 이런 말을 해도 귀엽게 들릴 것이다.

사랑이 식으면 똑같은 말이 밉게 들린다. 사랑하면 상대방의 발가락 때도 예뻐 보인다. 처갓집 말뚝만 봐도 절을 한다. 사랑이 식으면 그 미묘하고 상큼한 감정은 사라진다. 내가 예전에 저 사람을 왜 좋아했을까, 의아함이 든다. 사랑은 남녀 상호 간 언어의 이해, 소통, 설득, 납득의 필요충분조건이다.

문제는 사랑의 유지가 그리 만만치 않다는 점이다. 동해물과 백두산처럼 마르지도 닳지도 않으면 좋으련만 남산 위의 저 소나무처럼 바람서리 불변하면 다행이련만 안타깝게도 사랑은 변한다. 콩깍지 생성 호르몬의 유효기간 탓이기도 하겠으나 또 하나의 요인이 있다. 남녀의 사고체계가 아예 다르다는 점이다. 이 차이에 의해 오해가 생긴다. 오해가 다툼을 낳고 다툼이 상처를 만들며 상처가 사랑을 쫓는다. 남녀는 확실히 다르다. 언어도, 철학도, 사고방식도 서로 다르다. 어떤 이는 남녀의 고향이 각각 화성과 금성인 탓이라고 했다. 남녀 간은 수성과 천왕성만큼 다른 사이다. 또 안드로메다 은하계만큼 거리가 먼 커플도 부지기수다. 다음은 여자와 남자의 심리비교 글이다.

곰 같은 여자보다 여우 같은 여자가 낫고,
개 같은 남자보단 늑대 같은 남자가 훨씬 낫다.

여자는 시선을 먹고 살고

남자는 시선을 무시하는 낙으로 산다.

사랑에 빠진 남자는 눈이 멀고

사랑에 빠진 여자는 간이 붓는다.

남자는 자기 여자가 될 때까지 잘해 주고,

여자는 자기 남자가 된 후부터 잘해 준다.

여자는 손잡고 뽀뽀했으면 다 줬다고 생각하고,

남자는 이제부터 시작이라고 생각한다.

여자는 상대방에게 차이면 수치스러워하고,

남자는 차이면 자기 전적에 포함시킨다.

잊혀진 남자는 흔적조차 없지만,

잊혀진 여자는 가슴 깊이 묻어 둔다.

여자는 다른 사랑이 생길 때까지 첫사랑을 잊지 못한다.

남자는 평생토록 첫사랑을 잊지 못한다.

여자는 상대방이 곁에 있을 때만 '사랑'이란 단어를 쓰고

남자는 상대방이 떠난 후에야 '사랑'이라고 믿는다.

이처럼 남녀 간은 확실히 다르다. 앞으론 남성과 여성의 구분을 DNA 구조나 몸의 다름에서 찾을 것이 아니라, 말의 다름, 기본적 사고의 다름, 행동의 다름으로 정해야 할지도 모른다. 남과 여, 서로 다른 만큼 사랑을 할 땐 감미롭다. 하지만 사랑이 식으면 그만큼 지겨운 관계로 변하기 쉽다.

남과 여는 일차적으로 사랑을 얻기 위해 노력한다. 이차적으로는 얻은 사랑을 잃지 않으려 노력한다. 사랑을 차지하기 위해 장희빈이 선택한 건 질투였다. 그는 임금의 총애를 얻기 위해 라이벌 관계인 중전 민씨를 저주했다. 중전의 그림에 화살을 쏘고 왕비의 인형에 바늘을 찔렀다. 결과는 실패였다. 장희빈은 결국 사약을 먹고 죽었다. 도를 넘을 정도로 시샘이 많은 사람에게 사랑의 감정이 이는 남자는 없다. 잘못된 선택이었다. 남자들도 잘못 아는 건 마찬가지. 남자들에게 사랑의 비법을 물으니 비아그라, 해구신 타령만 한다. 정력과 사랑을 혼동한 케이스다. 이러니 사랑에 실패하는 거다.

부부관계, 사랑 유지에는 유머와 웃음이 특효약이다. 사랑이란 결국 상대방의 혼을 살리는 일이다. 유머와 웃음은 질투와 분노를 객관화시킨다. 질투, 분노는 혼을 죽이는 감정이다. 사랑과 유머, 웃음은 급이 같다.

데이비드 호킨스(David Hawkins) 박사의 명저 『의식혁명』에 보면 분노, 질투는 100룩스대이고 사랑 웃음은 500룩스대이다. 유유상종, 높은 의식인 사랑은 역시 높은 의식인 유머, 웃음과 잘 어울린다. 사랑을 유지하려면 남녀 사이에 유머를 투입하라. 당신의 부부관계 이해수준을 파악하기 위해 잠시 문제를 출제하겠다.

문제1

당신은 남자다. 새벽 1시에 술에 취해 들어왔다. 그때 당신을 기다리고 있던 부인이 바가지를 긁는다. 이때 남편인 당신이 보일 법한 가장 바람직한 반응은?

1. 같이 싸운다.
2. 다시 술집에 간다.

몇 번일까? 1번을 선택했으면 당신은 막무가내형 남자다. 2번을 선택했다면 당신은 꼴통형 남자다. 둘 다 답이 아니다. 답은 3번, 유머적 대응법이다. 아내에게 이렇게 응수해 보라.

"아싸, 바가지 긁는데도 이리 예쁘니 바가지만 안 긁으면 얼마나 더 예쁠지 상상이 안 가네."

한 문장 속엔 다양한 감정이 들어 있다. 웃음, 감탄(아싸), 미모칭찬(예쁨 2회)이 종합적으로 들어가 있다. 여자의 분노가 기쁨으로 바뀌는 데는 10초면 충분하다. 유머적 칭찬화법의 위력이다.

당신은 여자다. 남자가 하루에 담배를 세 갑씩이나 피운다. 담배를 끊게 만들고 싶다. 이때 가장 남편에게 전할 가장 바람직한 모습은?

1. 자갸, 사랑하는 마누라를 위해 끊을 수 없어?
2. 자갸, 사랑하는 2세를 위해 끊을 수 없어?

몇 번일까? 1번을 선택했다면 당신은 자뻑형 여자다. 2번을 선택했다면 당신은 착각형 여자다. 둘 다 답이 아니다. 답은 3번이다. 유머적 대응법이다. 어느 날 밤에 침대에서 땀을 닦으며 남편을 향해 존경과 감탄의 눈빛을 보내라. 이렇게 외쳐라.

"아싸, 담배 세 갑 피는데도 이리 체력이 좋으니 담배 끊으면 얼마나 더 세질지 상상이 안 가네."

한 문장 속에 웃음, 감탄(아싸), 체력에 대한 칭찬이 종합적으로 들어가 있다. 남자가 금연을 결단하는 데에는 10초면 충분하다. 이것이 바로 유머와 칭찬 화법의 위력이다.

오빠
유머 스타일

子曰 君子는 坦蕩蕩이오 小人은 長戚戚이니라.

– 군자 탄탕탕 소인 장척척

　군자의 마음은 평탄하고 너그러우며 소인의 마음은 항상 근심에 차 있다. 세상에 가장 큰 걱정거리는 '걱정'이고 가장 큰 근심거리는 '근심'이다. 걱정도 팔자고 근심도 습관이다.

　싸이의 이야기다. '강남스타일'로 세계적 스타가 되기 전의 일화다. 제대한 싸이에게 기자가 물었다.

"결과적으로 군대 생활 남의 두 배를 한 셈인데 감회가 어떠신지?"

"그동안 답답하게 생각한 점이 있기는 합니다."

"무엇인가요? 국방부 행정, 혹은 일부 안티 팬?"

"살이 안 빠진다는 점이요. 사회밥 먹을 때나 짬밥 먹을 때나 똑같아요."

군대를 두 번이나 간다면 보통 남자들에겐 끔찍한 일이다. 많은 남자들이 제대 후에도 군대 생활 꿈을 꾼다. 그러니 결과적으로 두 번이나 군 생활을 한 셈인 이 사람은 어떨까? 기자는 특정한 대답이 나오리라는 짐작을 하고 질문한 것이다. 기자의 그런 질문에 싸이는 전혀 다르게 대답했다. 이런 유머 스타일이 그를 세계적인 스타로 만든 원동력이다. 행복은 쌓이지만 스트레스는 전혀 쌓이지 않는 싸이. 행복을 축적하는 기능과 스트레스를 배출하는 기능이 일반인에 비해 월등히 발달되었다고 볼 수 있다.

그의 예명 '싸이'는 '싸이코(psycho)'에서 나왔다. 싸이코의 사전적인 뜻은 이렇다.

1. 정신질환을 소유하고 있는 사람
2. 한 분야에 집착하여 평범하지 않은 삶을 영위하는 사람

그는 확실히 평범하지는 않다. 그가 집착하는 건 두 가지다. 재미와 배짱에 집착한다. 예전엔 복제품 인간들을 선호했다. 이런 사람을 이상하게 보았지만 이제는 달라졌다. 남들과는 다른, 자신만의 창의성과 개성으로 뭉쳐야만 세계적 스타가 되는 시대다.

중년들이여. 궁상스타일에서 벗어나라. 유머가 스트레스를 이긴다. 유머가 매력을 키운다. 유머가 리더십을 올린다. 유머가 스피치를 빛낸다. 유머를 잘하면 여자가 따른다. 중년 남성 스트레스의 부산물을 벗어던져라. 즉 퀭한 눈빛, 무기력한 동태눈, 재미없는 언변. 이런 현상을 폐기하라. 이런 건 얼마든지 유머로 바꿀 수 있다. 바야흐로 이젠 유머스타일이 통하는 시대다.

나이 먹은 티를 벗는 10가지 UP

1. 냄새 안 나게 몸을 깨끗이 – Clean Up

2. 돈 씀씀이도 – Pay Up

3. 옷도 깨끗이 입고 – Dress Up

4. 더 잘 보여 주고 – Show Up

5. 더 잘 들어 주고 – Listen Up

6. 지적질 참견질은 멈추고 – Shut Up

7. 웬만한 건 포기하고 – Give Up

8. 건강에 더 유의하고 – Health Up

9. 마음의 문을 열고 – Open Up

10. 더 웃으며 즐겁게 살라 – Cheer Up

DJ DOC의 노랫말처럼 나이 먹어도 춤을 춰 보자. 마야의 노랫말처럼 돈 없어도 당당하게 살자. 강남스타일식으로 때론 밤에 머리도 풀어 보고 가끔 새로운 사상도 키워 보자.

1. 나이를 먹는다. -> 아싸, 이 나이까지 못 살고 죽은 사람도 많은데 왠지 뿌듯하다.
2. 아들이 꼴찌했다. -> 아싸, 앞으로 석차가 더 내려갈 일은 없다.
3. 쌀이 떨어졌다. -> 아싸, 별 노력 없이 다이어트 성공할 예감.

유머하면 공격에 대한 내성도 길러진다. 장관이 의회에서 의견을 피력하자 야당의원 한 사람이 그를 향해 인신공격을 했다. 이를 받아치는 장관의 모습은 어떠한가. 유머로 반격하는 모습이 가히 장관이다. 두 사람 간의 대화를 보자.

의원: "여보슈, 장관 나리. 당신 수의사 출신 아니요?"
장관: "그렇습니다."
의원: "아니 수의사가 사람 건강에 대해 뭘 안다고 그래. 그만 단상에서 내려가서 본업이나 보라구, 본업."
장관: "그러지요. 그런데 의원님, 혹시 어디 아프신 곳은 없으십니까? 찾아오시면 성심성의껏 치료해 드리겠습니다."

거짓말도
때론 약이다

다음은 직업별 거짓말이다.

모범생: 아휴, 이번 시험은 완전히 망쳤어.

회사원: 예, 다 돼 갑니다.

옷가게 주인: 어머! 언니한테 딱이네. 완전 맞춤복이야.

상인: 이거 밑지고 파는 겁니다.

정치가: 단 한 푼도 받지 않았습니다.

간호사: 이 주사는 하나도 안 아파요.

연예인: 우리는 그냥 친구 사이일 뿐입니다!

선생님: 이것은 꼭 시험에 나온다!

결혼식 사진사: 내가 본 신부 중에 제일 예쁜데요.

비행기 조종사: 승객 여러분, 아주 사소한 문제가 발생했습니다.

AS기사: 이런 고장은 처음 봅니다.

수석합격생: 잠은 충분히 자고, 학교 공부만 충실히 했습니다.

미스코리아: 내적인 미가 더 중요하죠.

중국집 주인: 음식 갖고 금방 출발했습니다.

신인 배우: 외모가 아니라 실력으로 인정받고 싶습니다.

사장: 우리 회사는 바로 사원 여러분의 것입니다.

노동자: 내일 당장 때려치워야지!

여자들: 어머 너 왜 이렇게 이뻐졌니?

학원광고: 전원 취업 보장, 전국 최고의 합격률!

친구: 이건 너한테만 말하는 건데….

아파트 신규 분양: 지하철역에서 걸어서 5분 거리.

음주운전자: 딱 한 잔밖에 안 마셨어요.

자리 양보 받은 노인: 에구… 괜찮은데….

교장선생님: 마지막으로 한마디만 간단히 하겠습니다.

거짓말이라고 해서 다 같은 게 아니다. 정감이 가는 거짓말도
있고 얄미운 거짓말도 있다. 교장선생님이 마지막 한마디만 하
겠다고 해 놓고 20마디쯤 하면 학생들의 엉덩이가 들썩거린다.
정수기 AS기사가 이런 고장은 처음 본다고 하면 내가 뭘 잘못
만졌나 싶어 괜히 움츠러든다. 전철역에서 걸어 5분 거리라고
해서 한번 걸어보았다. 35분 걸렸다. 만약 우사인 볼트라면 5분

만에 주파할지도 모른다.

지하철 안의 한 젊은이가 너무 고지식했나 보다.

"에구구… 괜찮은데 학생이 그냥 앉지."

노인의 한마디에 양보하려다 말고 그냥 앉았단다. 그러자 할머니가 궁시렁댄다. 그 소릴 듣고 다시 일어났다. 이때의 거짓말은 체면을 지키면서 고마움을 표시하는 말이었다. 행간을 읽지 않고 바로 받아들여 오해가 생긴 케이스다.

정직이 최상의 방책이다.(Honesty is the best policy.) 이것은 학창 시절에 수도 없이 들은 말이다. 수업시간에 나는 이렇게 배웠다. 정직은 선이요, 거짓말은 악이라고. 물로 여기에도 예외는 있다. 거짓말을 절대로 안 하는 사회가 있다고 하자. 과연 행복할까? 제대로 굴러가기나 할까? 거짓말이 없는 사회라면 사람들은 어떤 상황에서 다음과 같이 말할 것이다.

"오늘 주례가 신랑신부를 보니 신랑 성격이 포악해 보여 신부가 맞으며 살 것 같습니다. 신부도 사치가 심해 보여 신랑 등가죽이 휠 것 같군요."

"손님들 어서 오세요. 우리 식당으로 말할 것 같으면 조미료 위주의 맛을 내고 있어요. 여기서 만든 건 우리 식구들은 안 먹어요. 음식은 당연 재활용이구요. 김치 맛이 좀 차이나지요? 메이드 인 차이나에요.”

“주민 여러분, 저를 국회의원으로 뽑아 주신다면 직위를 이용해 한밑천 단단히 뽑을 생각입니다.”

어떠한가, 이상한 사회 아닌가. 거짓말은 인류와 늘 함께해 왔다. 인간 사회의 탄생과 더불어 탄생한 것이 바로 거짓말이다. 만일 그 거짓말이 상대방에게 불쾌감을 준다면 당연히 지양해야한다. 하지만 기분이 좋아진다면 어느 정도의 거짓말은 필요하지 않을까? 찬사나 격려에 해당하는 거짓말이 바로 그렇다.

소년이 화난 소녀에게 말했다.
“와, 자기는 화를 낼 때도 예쁜걸.”
이러한 거짓말은 여자의 분노를 녹이고 엔돌핀을 솟게 만드는 예쁜 거짓말이다.

“명퇴라니, 이 시대가 당신의 가치를 이해 못하는 거지.”
이 말은 남자의 무너진 자존심을 세우는 지혜로운 거짓말이다.

진실(眞實)의 말뜻은 참된 열매다. 겉보기에 객관적 사실이라도 열매를 맺지 못하면 무가치하다. 겉보기엔 거짓말이라고 해도 참열매를 맺는다면 그것은 진실에 부합하다.

"법 어긴 적 없어요."

청문회 나오는 높은 분들이 자주 하는 말이다. 겉보기에 합법적으로 처리했어도 양심을 속인 것이라면 과연 진실에 해당한다고 볼 수 있을까? 속마음이 드러나는 거울이 발명된다면 제일 먼저 여의도 국회의사당에 걸어 놓고 싶다.

폐렴에 걸린 사람인 존지가 병실 밖을 보았다. 얼마 안 남은 담쟁이 잎새를 보고 쓸쓸한 생각에 빠져들었다. 존지는 생각했다. '아마 저 잎새들이 다 떨어지면 나도 죽을 거야.' 그렇게 생각하며 슬픔에 잠긴 존지. 그런 존지의 마음을 전해 들은 늙은 화가 베어먼은 한 가지 결심을 한다. 그녀를 위해 잎새 하나를 그려 주기로 마음먹은 것이다.

폭풍우가 몰아친 다음 날 커튼을 연 존지는 깜짝 놀랐다. 잎새 하나가 안 떨어지고 붙어 있는 게 아닌가? 그 다음 날도, 또 그 다음 날도 잎새는 그 자리에 있었다. 그녀는 마음의 힘을 얻었다. 폐렴 증세도 호전되었다. 폭풍우 속에서 마지막 잎새를 그린 베어먼 아저씨는 환자를 살리고 대신 죽었던 것이다.

이 이야기는 감동과 반전으로 유명한 오 헨리의 작품 『마지막 잎새』다. 베어먼 아저씨는 거짓을 선택했다. 그 거짓 하나가 사람의 목숨을 구했다. 1905년도에 발표되었으니 40대 중년에 들어선 오 헨리의 작품이다. 베어먼 아저씨는 아마 오 헨리 자신이 아니었을까? 중년이야말로 낭만과 지혜와 용기의 시기다. 오 헨리는 이것을 보여 주고 싶었던 것이 아닐까?

매력 있는
남성 되기

어느 모임 자리였다. 한 숙녀가 좌중을 향하여 질문을 던졌다. 남자와 개의 차이점은 무언 줄 아냐고. 질문을 들은 사람들 사이에서 여러 가지의 다양한 대답들이 나왔다. 숙녀는 모든 대답에 고개를 저었다. 잠시 후 숙녀는 조용히 정답을 말했다.

"개는 술에 취해도 남자가 되지는 않습니다."

이 숙녀께선 술에 취하면 개같이 변하는 남자에게 학을 뗀 듯하다. 술에 취하든 안 취하든 사람은 사람다워야지, 개다우면 어찌하랴. 우리 사회의 법률은 술 취한 자에게 유난히 관대하게 구는 경향이 있다. 그래선 안 된다. "술 취해서 실수했어요." "술 한잔하면 제정신이 아니에요." 대부분의 음주자들이 이런 변명을 하곤 한다. 술이 취해 제정신을 잃었다는 데야 어쩔 것인가.

법원은 이러한 음주자들의 변명을 곧이곧대로 받아들여 봐주기가 일쑤다. 하지만 우리가 착각하는 게 있다. 술에 취하면 제정신을 잃는 것이 아니다. 오히려 제정신을 찾게 된다. 술은 사람에게 용기를 준다. 체면, 위장, 변장, 포장, 습관, 예의범절, 눈치, 도덕의 포장지를 찢고 자신의 본성을 드러나게 해 준다. 그러므로 술에 취하면 제정신을 잃게 되는 것이 아니라 제정신이 드러난다. 사람은 술에 취한 모습이 본성이다. 자신이 어떤 사람인지 알고 싶은가? 그렇다면 술에 진땅 취한 다음에 어떤 말과 행동을 하는지 하나도 빼놓지 말고 친구에게 녹화해 달라고 부탁하라.

인간의 본성을 두고 여러 유형으로 분류하곤 한다. 분류의 기준에도 여러 가지가 있겠다. 여기에선 유머의 유무에 따른 남자 유형을 알아보자. 재치형과 둔감형, 여유형과 초조형, 온기(溫氣)형과 냉기(冷氣)형 등이 있다. 앞의 세 가지 유형을 추천한다. 재치형은 심심함을 없애 준다. 여유형은 상대방의 마음을 편하게 만들어 준다. 온기형은 상대방으로 하여금 기대고 싶게끔 한다.

반면 뒤의 세 가지는 강퇴한다. 둔감형은 상대방을 속 터지게 만든다. 초조형은 옆사람도 괜히 불안하게 만든다. 냉기형은 으

스스하다. 이러니 여성들은 당연히 재치형, 여유형, 온기형을 좋아한다. 이 세 가지가 바로 유머형 남성의 특징이다. 방송 잡지사에서 미혼여성을 대상으로 설문조사를 했다. 조사 결과 호감가는 남성상의 1위에 유머센스 있는 남자가 올랐다.

남자의 '남(男)'을 파자하면 '밭(田)'일에 '힘(力)'을 더한 모양이다. 이는 곧 밭일을 한다는 뜻이다. 시대가 바뀌어 감에 따라 뜻풀이도 바뀌었다. 밭 전(田) 자를 파자하면 다시 입 구(口)자 4개가 된다. 퀴즈(Quiz), 조크(Joke), 애드립(Adlib), 체험담(Story humor)의 합이 바로 4개의 유머 장르다. 여러 가지 유머를 발휘하여 여성을 기쁘게 하는 데 온 힘을 쓰란 뜻이다.

나는 노총각에게 묻는다. "왜 한국의 미혼여성들은 신랑감으로 유머남을 원할까요?" 이 질문에 대한 노총각들의 대답이다.

1. 유머남보다 재물남이 좋은 법이다. 헌데 미혼여성들은 아직 본격적인 살림을 해 보질 않아서 돈의 중요성을 모른다.
2. 여자들은 원래 남자만큼 거시적인 주제에 관심이 없고 가벼운 주제를 좋아한다.
3. 결혼이 마냥 즐거운 줄 착각하고 있기 때문이다.

이런, 이러니 아직 장가를 못 갔지. 다 틀렸다. 아가씨들도 돈 좋은 줄 안다. 결혼이 마냥 즐거운 거라고 생각하지 않는다. 적어도 총각에 비해선 약 10배 정도 결혼의 득과 실, 전과 후, 손과 익에 대해 깊이 연구한다. 유머는 부자가 될 수 있는 지름길이다. 유머와 사촌지간인 단어는 이런 것들이다. 웃음, 건강, 대인관계 윤활유, 활력소, 창의력, 지혜, 성공, 고객 만족, 리더십. 유머맨이야말로 건강과 부와 행복 그리고 행운의 주인공이란 사실을 안다. 그런 이유에서 여성들은 유머남을 원하는 것이다.

유머맨은 스스로에게도 좋은 영향을 끼친다. 상대의 조롱을 일격에 제압한 사람에 대한 보고서다. 한쪽 눈에 시각장애를 가진 한 남자가 있었다. 그는 장관이었다. 하루는 야당 의원이 그를 조롱했단다. 애꾸눈으로 무슨 장관 노릇을 하냐고. 그러자 장관은 빙그레 웃으며 여유롭게 대응했단다. "의원님은 혹시 일목요연이란 말을 아십니까?"

유머가 없었다면 분을 삭이지 못해 육두문자를 날렸을지 모른다. 아니면 퇴근 후 술 한잔하며 합석자들에게 의원 흉을 보았을 수도 있다. 유머리스트는 분노를 직설적으로 표현하지 않는다. 그렇다고 속상하지 않은 척 위선을 하는 사람들이 아니다.

유머리스트는 바로 그 자리에서 감정을 푼다. 그러면서도 인간관계의 갈등을 최소화하는 특수 능력을 갖춘 사람들이다. 한

마디로 의식수준이 월등히 높은 사람들이다. 그러니 똑똑한 아가씨들이라면 당연히 유머형 남자를 좋아할 수밖에 없다.

아침 운동 멤버가 느닷없이 농담조로 말한다. "전 돈키호테 같은 남자가 좋아요." 그런 남자는 어떤 남자냐고 물으니 그녀가 대답했다. 돈 많고 키 크고 호감 있고 테크닉이 좋은 남자, 돈키호테요. 유머는 돈을 벌어다 준다. 정신의 키를 성장시켜 준다. 남에게 호감을 줄 수 있고, 인간관계 테크닉을 완성시켜 준다. 여성들이 좋아하는 부드러우면서도 능력 있는 남자(MAN)가 되기 위한 이니셜 원리를 소개한다.

M – Mild   부드러움
A – Ability   능력
N – Neighbor   이웃관계

만두
화법

어느 4차선 도로에서였다. 신호를 대기 중인 중형차와 경차가 정지선에 나란히 섰다. 장난기가 발동한 중형차 주인이 창문을 열고 경차를 비아냥거리기 시작했다.

"경차 귀엽네, 아저씨 그 차 얼마요?"

경차 주인은 모른 체하고 눈길도 주지 않았다. 그러다가 다음 신호에서 두 차는 또 나란히 신호대기에 걸리게 됐다.

"어이~ 그 차 얼마 줬냐니까?"

이번에도 경차 주인은 대꾸도 없이 신호를 기다릴 뿐이었다. 기고만장한 중형차 주인은 더 큰소리로 외쳤다.

"어허, 이 사람 말 먹네. 그 차 얼마 줬냐니까? 어이, 좀 물어보면 안 되나?"

그러자 경차 주인은 이렇게 대꾸했다.

"물을 만두 하지. 리무진 사니까 경품으로 주더라."

아이들끼리도 아파트 평수가 비슷해야 친구 된다는 말이 있다. 30평은 30평끼리 40평은 40평끼리 만나야 한다고. 이제 차 배기량도 비슷해야 친구가 된다. 1,000cc는 1,000cc끼리 2,000cc는 2,000cc끼리.

의식수준이 낮은 사람들은 재물이나 물건의 크기로 사람을 구분한다. 무지의 소산이다. 좀 있는 사람이 없는 사람을 깔보는 역사는 참 오래도 되었다. 양반이 중인을 무시하고, 중인은 평민을 무시한다. 평민은 상민을 무시한다. 상민은 백정이나 재인(지금의 연예인)을 무시한다.

하이에나나 원숭이는 철저히 서열을 따진다. 남을 무시하는 사람은 뇌가 아직 동물수준이다. 진화가 덜 되었다고 보면 틀림없다. 아이를 무시하는 습관도 역사가 오래 되었다. 암사자가 누우(소의 일종)를 잡으면 보고만 있던 수사자가 먼저 달려 먹잇감을 해치운다. 어린 사자가 달려들면 눈을 부라린다. 그러므로 아이를 무시하는 습관도 진화가 덜 되었다는 증거다.

공자의 말씀을 달달 외는 천재소년 공융, 마을 사람들이 그의 총명함을 칭송했다. 동네 개망나니로 소문난 남자가 찍자를 걸었다.

"어릴 때 이렇게 총명한 놈일수록 크면 개망나니 되는 거라구. 어이 꼬맹이, 안 그래?"

"그럴 만두 하군요. 아저씨도 어릴 적 엄청 총명하셨겠어요."

과연 공용의 수준 높은 화법에 망나니 아저씨가 어떤 반응을 보였을지 궁금하다. 공격을 당하면 보통 분한 마음에 흥분하게 된다. 흥분하면 함께 큰소리치게 된다. 큰소리는 곧 다툼으로 이어지고 다툼은 상처를 남긴다. 공격(攻擊)의 격은 부딪힐 격 자다. 살펴보면 차(車)와 손(手)이 들어 있다. 차가 충돌해 자동차 사고가 발생하고 손이 격돌해 주먹다짐이 나는 형상이다.

공격을 받을 땐 만두화법을 기억하라. 일단 공격자에게 수용의 첫마디를 내보내는 화법이다. 경차 운전자도 공용도 만두화법으로 공격자를 제압하고 있다. 이와 같은 화법은 우리의 삶 속에서 다양하게 활용할 수 있다. 다음과 같은 상황을 살펴보자.

시어머니와 며느리의 대화다.
시어머니: "내가 얼마나 화난 줄 아니?"
며느리: "어머니가 화나실 만두 하지요."

상사와 부하직원의 대화다.
상사: "김 대리, 자네 때문에 내가 얼마나 스트레스 받았는지 알아?"
부하직원: "부장님이 스트레스 받을 만두 하지요."

엄마와 딸의 대화다.
딸: "엄마는 내가 얼마나 속상한지 알아?"
엄마: "딸, 속상할 만두 하지."

대부분의 사람들은 상대의 공격에 상처를 받고 분해하거나 같이 화를 낸다. 화가 화를 불러와 돌이킬 수 없는 지경에 이른다. 말과 말이 충돌하면 교류가 파괴되고 관계가 악화된다. 화병이나 우울증은 인간관계에서 이런 현상이 누적되어 생기는 병이다. 만두화법은 충돌의 후유증을 없애는 화법이다.

자신의 말을 들은 상대방이 상처를 받거나 화를 낼 줄 알았는데 오히려 자신의 말을 수용해 준 적이 있는가. 그런 경험을 한 적이 있는가. 살면서 그런 사람을 대면할 때면 순간적으로 감이 올 것이다. '이 사람 대인이구나.' '이분 보통이 아니구나.' 자신을 힐난하거나 분노하는 상대방의 말을 수용하는 건 쉽지 않은 일이다. 그건 큰 그릇을 가진 사람만이 할 수 있는 일이다. 그런 사람은 필시 커다란 정신의 소유자일 것이다. 상대방이 자신의 말을 수용해 준다면, 분노했던 나 자신도 결국 꼬리를 내릴 수밖에 없다.

김치만두가 김치를 품고, 고기만두가 고기를 품는다. 이처럼 만두화법은 상대방의 마음을 품어 상대를 제압한다. 나이를 먹어 중년이 되면 몸의 기능이 퇴보하면서 대신 지혜가 생긴다. 만두화법은 중년의 품격을 높이는 대인관계의 비밀무기다.

공감
화법

어느 날 부인이 남편에게 물었다.

"당신 말이죠…. 부모님, 나, 아이들이 물에 빠졌다면 누구부터 구할 거예요?"

남편은 한참 생각한 후에 부모님이라고 대답했다. 부인은 속으론 화가 났지만 꾹 참고 다음은 당연히 나겠지 하고 생각했다. 남편에게 다음은 누구냐고 물어보았다. 남편은 아이들이라고 대답했다. 부인은 그 이유를 물었다. 그러자 남편 왈,

"아내는 다시 얻으면 되잖아!"

부인은 이 말을 듣고 충격을 받았다. 그 후 부인의 삶은 무기력해졌다. 급기야는 우울증까지 걸리고 말았다. 그래서 정신병원에 찾아갔다. 의사는 이야기를 하는 내내 통곡하는 부인을 보고 있다가 이윽고 한마디했다.

"부인, 그렇게 너무 상심하지 말고… 수영을 배워 보는 것이 어떻겠습니까?"

위의 일화에 대한 반응은 제각각이다.

'여자가 문제군. 왜 물어봐선 상처를 받나? 긁어 부스럼이라더니.'
-> 전형적인 좌뇌형이다. 남자들의 전형적인 유형이다.

'여자의 마음을 알아주는 남자가 하나도 없군. 얼마나 속상할까?'
-> 우뇌적 대응이다. 여자의 아픔에 공감하고 있다.

의사의 성별이 나와 있지 않지만 말하는 걸 볼 때 남자이지 싶다. 남자가 틀렸다는 말이 아니다. 논리적 대응이나 해결책 대응이 공감에 그리 도움이 되지 않는다는 점을 말하고 싶다. 일화에서 등장하는 남편이나 의사는 아마 자기편이 없어서 고통을 당한 경험이 별로 없었던 모양이다. 하긴 대부분의 남편들이 남의 편이다.

아내들은 남자가 무조건 자기편을 들길 원한다. 하지만 남편들은 조건부로 아내 편을 든다. 아내가 잘했을 땐 편을 들지만 잘못했을 땐 편을 들지 않는다. 바로 이 부분이 남녀갈등의 출발점이라고 할 수 있다. 동물 행태를 통찰하면 실마리가 보인다.

내 편 네 편은 본능적이다. 자기 편에 대한 인식은 DNA 속에 깊이 각인되어 있다. 동물의 왕국만 봐도 그렇다. 사자 무리가 하이에나를 공격한다. 의기양양하다. 하이에나들이 후퇴하며 이를 간다. 잠시 후 떠돌이 암사자가 사자무리를 발견했다. 수사자가 암사자와 연애하기 위해 다가온다. 암사자 입장에서야 연애만 성사되면 만사형통이다. 가족도 갖게 되고 신분도 보장되니 말이다. 하지만 걸림돌이 있었다. 기존의 암사자들이 문제다. 질투에 눈이 먼 암사자들은 기득권을 지키려 싱글뜨내기를 몰아냈다.

암컷들의 그 치열하고 처절한 질투싸움에 수사자조차 맥을 추지 못한다. 연애는커녕 다리에 상처만 입었으니 혹 떼러 갔다가 혹 붙이고 온 셈이다. 다시 홀로 된 그 암사자는 그날 밤 피 냄새를 맡은 하이에나 무리의 습격을 받고 죽는다. 동물의 왕국을 보면서 그렇게 가슴 아팠던 광경은 처음이었다. 제발 교미에 성공하라고 빌어 본 것도 처음이다. 백수의 왕인 사자도 내 편이 없으면 죽는다. 내 편이 있나 없나는 곧 생존의 문제다.

동생 편만 드는 집을 6자로 '형편없는 집안'이라 한다. 신도 사람도 동생 편만 드는 경우가 많다. 그 대표적인 이야기가 바로 '카인과 아벨'의 일화다. 일화 속에서 형은 살인을 저질렀다. 형은 아벨의 제사만 받아 주는 신이 얼마나 미웠을까? 이와 반대의 이야기도 있다. 소설 『태백산맥』이 그렇다. 소설 속에서 아버지는 공부 잘하는 형 염상진만 칭찬한다. 그러자 이에 질투가 난 동생은 형을 죽이겠다며 복수를 꿈꾼다. 그가 바로 『태백산맥』의 최고악당 염상구다.

우린 나름대로 판단하여 어떤 사람의 편을 들기도 하고 안 들기도 한다. 그런데 그 나름대로란 게 그 사람의 수준이다. 대부분의 사람들은 보통 자기와 비슷한 사고방식만을 옳다고 생각한다. 그러니 극히 극소수의 경우를 제외하고는 나와 다른 생각을 가진 상대방을 받아들이지 못한다. 나만이 옳다는 생각. 이런 전제야말로 착각이다. 여기서 우린 유머의 필요성을 느낀다. 유머는 이런 기준과 잣대가 얼마나 무가치한가 하는 점을 보여 준다.

두 사람이 싸웠다고 하자. 한 사람이 황희 정승에게 하소연하자 황희 정승이 말한다. "당신 말이 옳소." 이번엔 다른 사람이 하소연하자 이번에도 역시 "당신 말이 옳소."하고 대꾸한다. 이를 보고 도무지 이해하지 못한 부인이 그를 향해 이상하다고 말했다. 그러자 이번에도 황희 정승은 그 말도 옳다고 말한다. 이런 면이 얼핏 보기엔 줏대 없는 모습으로 보이기도 할 것이다. 하지만 그렇지 않다. 황희가 옳다. 누구나 인정받을 면이 있기에 그렇다. 또 인정받아야만 생존하는 게 인간이기에 그렇다.

소크라테스는 악처인 아내 편을 들어준다. 악담을 퍼붓고 구

정물을 뿌려도 아내를 인정하고 웃어 준다. 그는 아내에게 말한다. "당신 덕에 내가 철학자 되는구려." 마누라 편을 들어줄 줄 아는 속 넓은 남자, 그 이름은 소크라테스. 이름은 소크라테스지만 마음은 대크라테스라 불려도 손색이 없다.

현대인들은 외롭다. 현대인뿐만 아니라 과거인도 외로웠다. 미래에 살아갈 사람들도 외로울 것이다. 외로운 사람들은 많지만 그들의 이야기를 들어 주고 위로해 주는 이들은 많지 않다. 공감능력이 절실한 이유다. 중년은 아픔을 겪을 대로 겪은 나이다. 자신이 아프기에 남의 아픔도 안다. 공감력이야말로 중년의 재산이다. 다음은 바람직한 소통관계를 위한 일명 추상화 실천 사항이다.

1. 추임새를 넣어주라: 아하, 으흠, 저런, 그렇지.
2. 상대방의 마지막 말을 따라 하라: 화났구나, 속상했구나.
3. 화내면 같이 화내고 울면 같이 울고 일심동체의 경지: 감히 자기를? 뽀사 삘라.

관용
화법

한 여론조사원이 여러 나라의 사람들을 모아 놓고 물었다. 우선 영국인에게

물었다.

"어떤 단어를 가장 많이 쓰십니까?"

한참 생각하던 영국인은 느긋하게 말했다.

"신사도요."

다른 나라들에게도 같은 질문을 순서대로 했다. 미국인은 '개척정신', 일본인

은 '친절', 독일인은 '근면'이라고 답했다. 질문을 기다리다가 짜증이 난 한국

인이 참지 못하고 외쳤다.

"아 좀 빨리빨리 묻고 빨리빨리 대답하쇼 거."

한국말 중에 가장 유명한 건 무엇일까? 김치, 불고기, 태권도

를 단연 앞서는 말은 '빨리 빨리'다. 중국에 가도 태국 상인들도 한국인만 보면 발리 발리, 팔리 팔리를 외친다. 빨리 빨리 문화는 두 가지 해석이 가능하다. 하나는 긍정적인 면이다. 우리나라는 2차 대전 후 신흥국 중에 가장 빨리 지엔피가 올라가고 가장 빨리 산업화, 민주화를 이루어 낸 곳이다. 그 점은 분명 자랑스럽다. 반면 어두운 면도 있다. 조급증이다. 약속시간에 늦으면 국물도 없다. 먼저 한몫 잡고 남들보다 높은 자리로 올라가려다 보니 관용의 정신이 없어진 탓이다.

로마제국은 지금의 유럽 전체보다 훨씬 넓은 유럽, 중동, 북아프리카를 아우르는 나라였다. 거대 제국을 통치하게 된 가장 근본 원인은 무엇일까? 중무장 보병으로 유명한 무력이 아니다. 로마법으로 대변되는 명석한 두뇌도 아니다. 그것은 바로 '관용(clementia)'이다. 지금 노예라도 아들 대에는 군인, 손자 대에는 원로원 의원, 그 자식은 황제까지 올라가는 데 전혀 문제될 게 없었다. 클레멘티아의 가장 대표적 인물이 율리우스 카이사르다.

하루는 병사 하나가 체포되었다. 전투 중 도망가려 했다는 것이다. 여러 가지 정황상 병사에게만 책임을 물을 일이 아니었다. 용서도 해주면서 동시에 다른 병사와도 공평성을 유지해 주는 방법을 찾았다. 황제가 미소로 훈시하고 관용을 베풀었다.

"병사, 헷갈린 모양인데 적은 그 반대쪽이네."

카이사르는 중년이 되어서야 성공의 자리에 들어선 사람이다. 정적인 폼페이우스는 2, 30대에 이름을 날렸다. 반면 청년 시절 빛을 보지 못한 설움을 누구보다 잘 아는 중년의 카이사르는 관용정신이 몸에 배어 있었다. 로마엔 연좌제 같은 건 애당초 없었다. 2,000년 전인데 연좌제가 없었다니. 아버지가 역모 죄를 지었어도 아들은 잘만 살았다. 직장 다니고 장가가고 출세했다. 참고로 우리는 몇십 년 전까지도 연좌제가 있었다. 아버지의 죄가 곧 아들의 죄였다.

관용정신이 부족하다는 것은 사고체계가 막혔다는 증거다. 저런 나쁜 놈을 어떻게 용서한단 말인가? 이 말은 현재의 내 수준으론 그 사람을 이해할 능력이 없단 뜻이다. 사고방식이 사고 난 꼴이라고 할 수 있다. 항상 비난의 칼을 들이대는 까도남 일봉 씨. 남의 말을 좋게 받아들이는 법이 없다. 그는 일상적인 대화를 할 때조차도 상대방의 말에 이렇게 응수한다.
"시계가 죽었네."
"우씨, 죽다니? 왜 그리 흉칙한 말을 쓰냐?"

말을 바꾸어도 비난은 전(前)과 동(同)이다.
"어 시계가 섰네."
"우씨, 서다니? 왜 그리 야한 말을 쓰냐?"

그럼 도대체 뭐라고 말을 한단 말인가? 비난하기로 마음먹으면 세상에 구원받을 사람 하나도 없다. 반면에 용서하기로 마음먹으면 누구라도 용서할 수 있다.

1차 세계대전 때의 일이다. 프랑스 클레망소 수상이 그와 정치적 이념을 달리하는 한 청년에게 저격을 당했다. 청년이 쏜 총 7발 중에 한 발을 맞은 수상은 다행히 목숨은 건질 수 있었다. 총을 쏜 청년은 그 자리에서 경찰에 체포되어 사형선고를 받았다. 그러나 수상은 극구 그 청년의 사형을 반대하였다. 반대했을 뿐만 아니라 한 가지 제안을 했다. 청년을 8년간 감옥에 감금하되, 특별 사격훈련을 시키자고 제안한 것이다. 누군가가 그에게 이렇게 물었다.

"아니 왜 하필이면 수상님을 저격한 사형수에게 사격훈련을 시키자고 하십니까?"

그 질문에 수상은 태연하게 대답하였다.

"1차 대전을 승리로 이끈 우리 대 프랑스에 총을 일곱 발 쏘아 그중 1발만을 맞힌 청년이 있다는 사실만으로도 국가의 명예는 실추되었소. 그 한 방도 명중시키지 못하고 부상만 입히는 정도라면 부끄러운 일이요. 그에게 사격훈련을 시켜서 자기의 목표물을 정확히 명중시킬 수 있는 프랑스 청년으로 만들 필요가 있어요."

그는 좋은 리더라고 할 수 있다. 그런 리더와 동시대를 사는 것도 큰 복이다. 눈 크게 뜨면 우리도 한국의 클레망소를 찾을 수 있을 텐데. 다음은 상대방의 잘못의 크기에 따른 관용 실천법이다.

1. 경미한 잘못을 저지른 상대라면 용서해 주라. 남편이 밥투정하거나 아들이 용돈이 적다고 투덜거린다. 상대가 비록 안 좋은 말을 했다고 하나 양손 들어 반사하면 그만이다. 소소한 것 마음에 품으면 나만 꽁생원 소리 듣는다. 어린 시절 무언가가 못마땅한지 투덜거리는 친구에게 이렇게 말한 기억이 난다. "싫으면 시집가."

2. 중간 정도 크기의 잘못을 저지른 경우가 문제다. 이웃과 주차문제로 멱살잡이하다 생채기가 났다. 참자니 열불 나고 고소하자니 좀 그렇다. 이러한 갈등을 해소하기 위해 동네마다 호프집이 있는 거다. 그래도 앙금이 남았다면 한잔하고 나서 헤어지는 순간에 눈치 못 채게 복수할 수 있다. 상대방과 악수할 때 손을 으스러지게 잡아 주라.

3. 마지막으로 상대가 죽을죄를 지었을 경우다. 살다 보면 인간 말종, 패역 부도와도 엮일 수 있다. 이런 인간들에겐 당연히 처절한 복수를 해도 무방하다. 그런 자들은 내가 굳이 복수를 꿈꾸지 않아도 조만간 스스로 무너질 인간들이다. 뭐하러 힘들게 내 손을 더럽히겠는가. 천하의 악녀 크산티페에게 자비를 베푼 소크라테스의 용서법은 유머였다. 그는 말했다.
"아싸, 철학자 된다."
가끔씩 도저히 용서 못 할 인간을 하늘이 내게 보내는 이유는 뭘까? 이제는 소크라테스가 힌트를 준다.

되묻기
화법

퀴즈 하나를 내겠다. 만 원짜리와 천 원짜리가 길에 떨어져 있으면 당신은 어느 걸 주울 것인가. 이 질문에 대한 가장 많은 대답은 '둘 다'일 것이다. 보통 만 원이라고 답을 하기 쉽다. 학창시절 얼마나 많은 OX풀이와 사지선다형 문제를 풀었던가. 여럿 중에 정답을 고르는 데 익숙한 우리의 뇌 구조상 순간적으로 하나를 선택하기가 쉽다. 하지만 만 원보다 만천 원이 더 좋은 것 또한 사실이다. 그러니 정답으로 하자가 없고, 놀려먹어도 할 말이 없다. 순간적인 방심이 허를 찌른 퀴즈다.

하지만 이런 식으로 이의를 제기할 사람이 있을 수도 있다. "난 돈이 많아서 만 원 아니라 오만 원이라도 안 주워." "만 원

먼저 줍고 천 원 주우려 했어." 그거야 아무래도 좋다. 어차피 오늘의 주제는 돈의 가치나 선택이 아닌, 질문을 들었을 때의 응대법이니까. 어쩌면 이렇게 대응하는 사람도 있지 않을까? "당신 같으면 어떻게 할 거요?" 이것이 바로 되묻기 화법이다.

이러한 되묻기 화법은 곤혹스러운 질문을 받는 경우에 종종 위력을 발휘한다. 아래와 같은 상황을 보자. 아이와 아빠의 대화다.

"아빠, 아기는 어디로 나와?"

"넌 어떻게 생각하니?"

문제가 한 방에 해결된다. 머리가 안 돌아가는 부모라면 자기의 심기를 불편하게 했다는 이유로 애꿎은 애만 야단칠 것이다. 이를 테면 이런 식이다.

"그거 누가 물어보라고 하데? 몰라도 된다니까, 그거 시험에 나오냐?"

이렇게 대꾸한다면 애만 주눅든다.

답을 바로 제시해야 하는 일반질문이 있고 곤혹스러운 질문이 있다. 곤혹스런 질문엔 되묻기가 제격이다. 내 코트에 넘어온 테니스공을 다시 쳐 넘기는 원리다.

눈발이 휘날리는 새벽 다섯 시, 자기 집 문 앞에서 한 남자가 쭈그려 앉아 있다. 코트 깃을 세운 남자가 추위에 덜덜 떨고 있다. 그는 동태가 되어 가고 있다. 그가 아무리 문을 두드려도 소용없다. 열 받은 아내가 문을 열어 주지 않는다. 두 사람의 대화를 살펴보자.

"지금 몇 시냐고? 조간신문 경품이냐? 같이 묻어서 들어오네."

"미안해."

"도대체 어디 갔다 온 거야?"

말 한마디 잘못하면 얼어 죽을 상황, 남자의 머리에 되묻기가 떠오른다.

"어디 갔다 온 것 같아?"

"또 고스톱 치고 왔지?"

되묻기를 통해 아내의 의중을 알았다. 이제 해결의 실마리가 보인다.

"그래도 십만 원 땄다."

남자가 창문 틈새로 십만 원짜리 수표를 넣었다. 수표가 진품으로 확인되는 순간, 문이 열렸다.

되묻기가 효과를 보는 경우가 몇 가지 있다.

1. 공부 좀 하는 학생들이 자신이 아는 게 맞는지 확인하고 싶어 질문하는 경우다. 앞의 부인도 이런 유형이다.

2. 자신의 지식을 과시하기 위해 질문하는 사람들도 있다. 얄미운 우등생이나 직원들이 종종 사용한다.

3. 자신의 생각을 강요하고 상대를 공격하기 위해 질문하는 경우다. 회사 사장, 군대 지휘관 등 높은 사람들이나 부모들이 주로 애용한다.

모든 질문에 효과가 있는 건 아니다. 되묻기를 알게 된 분이 한번 써먹고 싶었다. 마침 회사에 80대 손님이 방문해 급한 눈길로 두리번거린다. 손님은 직원에게 묻는다.

"화장실이 어딘가, 젊은이?"

"어디인 것 같아요?"

이건 아니다. 손님의 질문은 곤혹스런 질문도 아니지 않는가. 번지수를 잘못 짚은 대답이다.

되묻기 화법은 상대와 밀당(밀고 당기기) 시에 제격이다. 전 DJ대통령의 일화다.

옥스포드 대학 강연 중 한 일본 대학생이 대통령에게 물었다.

"영국과 프랑스의 식민지였던 인도나 아프리카 국가들은 종주국과 잘 지내는데 왜 한국만은 일본과 화해하지 않는가?"

그의 질문에 DJ는 이렇게 되물었다.

"되묻겠다. 영국과 프랑스는 과거 식민지였던 국가들과 잘 지내는데 왜 일본은 한국과 잘 지내지 못한다고 생각하느냐?"

만일 DJ대통령이 일본 학생의 질문에 다음과 같이 대답했다면
상황은 어떻게 전개되었을까.

"일본제국이 악랄했다."
-> "영불도 악한 건 마찬가지였다."

"한일 간 수교하지 않았느냐?"
-> "수교했다고 잘 지내는 거냐?"

일본 학생은 이런 식으로 되받아쳤을 것이다. 이래선 도저히
이길 수 없다. 공격하기로 마음먹은 사람에겐 어설픈 응대가 효
과가 없다. 오직 되묻기 화법만이 유일한 해결책이었다. 자기가
넘긴 공을 재차 받은 상대는 당황했다. 일본 학생은 어물거리다
가 자리에 앉았다. DJ 승, 일본 학생 패라고 할 수 있다.

청년은 빠르고 중년은 느리다. 느린 게 장점이다. 되묻기는 느
림의 미학이다. 빨리 답을 하는 대신 상대의 의중을 살핀다. 되
묻기 역시 중년의 자랑이다.

상대의 논리로
상대를 정복하라

1985년 DJ가 오랜 망명 생활을 마치고 귀국했을 때의 일이다. 공항에 도착한 그가 여러 명의 미국 국회의원들과 함께 나타나는 사진이 신문에 실렸다. DJ대통령의 반대세력들은 일제히 그가 사대주의자라는 비난을 퍼붓기 시작했다. 다음 날 신문에 DJ의 인터뷰기사가 실렸다. 비난 여론에 대해 어떻게 생각하느냐는 기자의 질문에 그는 머뭇거림 없이 이렇게 대답했다.

"사진을 잘 보세요. 에… 나 김대중, 제일 먼저 걸어 나왔습니다. 만일 내가 그들 뒤를 따라 나왔다면 겁쟁이에 사대주의자겠지만 그들이 날 따라 나왔으니 난 사대주의자가 아닙니다."

과연 대중연설의 귀재답다. 유머는 생각을 약간 바꾸는 기술이다. 생각을 조금만 바꿔 세상을 바라보면 얼마든지 위기에서 탈출할 수 있다. 당황하거나 흥분하면 유머가 보이질 않는다. 그러니 유머형 인간이란 자신의 감정을 차분히 통제하여 위기 시 해답을 찾는 사람, 그럴듯한 논리적 증거를 제시하는 능력을 소유한 사람을 뜻하기도 한다.

이 기술을 익히기 위해 DJ의 유머를 살펴보면 다음과 같은 구조가 보인다.

1. 상대의 논리를 파악한다.
2. 그 논리를 가져온다.
3. 그 논리로 나를 변호하고 상대를 공격할 논거를 찾아낸다.

상대의 논리는 이렇다. "당신은 큰 나라 미국 국회의원 꽁무니를 따라왔으니 사대주의자요." 나의 상황을 파악해 보자. 아닌 게 아니라 미국 국회의원이 나를 보호하러 같이 와 주었다. 머뭇거리다 보면 용기 없는 리더, 겁쟁이 정치인이란 오명과 함께 정치적 생명에 막대한 타격을 입을 수 있다. 당신들은 미국에 간 적이 없느냐, 미국 국회의원과 함께 다닌 적 있지 않느냐, 왜 나를 이리 오래 괴롭히느냐며 반격하는 것도 바람직한 대응은 아니다. 유머러스하게 나를 변호하고 상대의 논리를 반격할 거리를 찾아보자. 상대의 주장의 근거는 사진이다. 그 사진에 미국 국회의원의 얼굴이 보인다. 그런데 작게 보인다. 뒤에 있었기 때문이다. 빙고! 답은 나왔다.

인간은 누구나 자신만의 가치관과 행동양식이 있다. 어쩌면 자신의 틀 안에 갇혀 산다고도 볼 수 있다. 그런 이유에서인지, 상대의 논리엔 요동을 않는다. 다른 사람의 의견에 개의치 않는 것이다. 오로지 내 논리만 들이대면 상대는 더욱 굳게 마음의 성문을 닫아 버린다. 상대를 움직이게 하려면 일단 내 가치관을 잠시 접고, 상대의 가치관으로 들어가야 한다. 호랑이를 잡으려면 호랑이 굴로 들어가야 한다.

평소 잘해 주는 적 없이 심부름만 시키는 얄미운 이웃 아줌마가 8살 꼬마에게 말한다.

"얘, 너 고추 안 만진 손으로 사과 좀 집어 줘."

그러자 꼬마 하는 말,

"왼손으로 만지고 오른손으로 털었어요."

저 아줌마에게 이 사과를 주긴 싫다. 헌데 분명히 상대는 고추 안 만진 손으로 집어 달라고 했다. 주기 싫은 내 욕심을 유지하면서 동시에 상대의 뜻을 거스르지 않는 방법은 무엇일까? 짧은 시간에 이 원리를 찾아낸 꼬마는 유머적인 천재다. 얄미운 고리대금업자의 논리적 허점을 찾아낸 아래 판사도 유머의 고수임에

틀림없다.

베니스의 고리대금업자인 유대인 샤일록은 채무자 안토니오가 빚을 갚지 못하자 계약서 조건대로 심장 부근의 살 일 파운드를 요구한다. 판사 앞에서도 그는 이판사판 게거품을 문다. 막무가내다. 판사가 말한다.

"이보게, 샤일록. 소송을 취하하고 합의하게나."

"판사님, 법은 법입니다. 분명히 계약서에 살 일 파운드를 자르겠다고 했거든요."

한참 생각하던 판사가 최후의 판결을 내린다.

"좋다. 법은 법이다. 샤일록은 안토니오의 살 일 파운드를 베도록 하라. 단 피를 한 방울이라도 흘릴 시에는 즉각 체포하겠다."

자기 꾀에 자기가 넘어간 전형적인 예다. 법을 좋아하는 샤일록은 제대로 된 논리적 근거 앞에 되치기 한 판 패를 당했다. 계약서상의 약점을 판사가 지혜롭게 파고들어 문제를 해결했던 것.

논리(論理)라는 단어를 파자해 보면 말씀 언(言)에, 임금 왕(王)이 있다. 말의 왕이요 왕의 말이니 최고의 말, 남을 리드하는 말이란 뜻이다. 유머와 위트엔 최고의 논리가 내장되어 있으니 유머를 아는 자가 최고 리더가 되는 것이다. 논리의 왕, 유머를 익혀라. 배우자도 내 뜻대로, 자녀도 내 뜻대로, 고객도, 상사와 부하, 이웃도 내 뜻대로.

청년이 입 문화라면 중년은 귀 문화다. 청년 시절엔 내 생각만 주장한다. 상대방도 자기 말만 한다. 그 답답함이 오래 지속되면 지혜가 생긴다. 그래서 중년이 되면 상대의 논리로 상대를 설득하는 게 가장 효과적이란 사실을 깨닫는다.

부부끼리 있을 때
사용하면 좋은 유머

할머니가 손자인 짱구에게 TV 예찬론을 펼치고 있다.

"이 할미의 친구는 TV란다. 하루 종일 침실에서 TV를 보고 있지. TV는 남자 친구와 있는 것처럼 행복을 준단다."

잠시 후 할머니는 TV를 켰지만 화면이 칙칙거리며 잘 나오지 않았다. 이리저리 돌려 보기도 했지만 소용없었다. 그래도 잘 안 나오자 할머니는 TV를 탁탁 두드렸다. 그때 초인종이 울렸다. 짱구가 현관문을 열어 보니 교회 목사였다. 목사는 인자한 얼굴로 짱구에게 물었다.

"할머니 계시니?"

짱구의 대답은 이랬다.

"예! 지금 침실에서 남자친구를 돌리고 때리고 주무르고 있어요."

과거엔 배고픔과 추위로 인해 힘들었다. 이젠 싱글시대다. 돌싱(돌아온 싱글), 돌돌싱(두 번 돌아온 싱글), 개인주의 시대가 도래했다. 오늘날 현대인들이 가장 힘들어하는 건 바로 심심함이다. 혼자 계신 할머니가 TV를 친구 삼아 의지하는 모습도 주위에서 많이 볼 수 있다. 현대의 부부에게는 심심타파야말로 중요한 목적이다. 누구나 대화를 나눌 수 있는 재미있는 파트너, 유머센스 있는 배우자를 원하고 있지 않은가.

유머는 시대를 반영한다. 유머를 통해 부부관계를 엿보자. 잔소리하는 여자, 한눈파는 남자는 유머의 단골 소재다.

담배를 끊지 않는 남편을 향해 아내가 잔소리를 해 댔다.
"당신은 의지력이라곤 없어요. 옆집 철수아빠를 봐요. 술을 끊더니 담배도 끊었잖아요! 끊기 전엔 각방이에요."
"여보, 제발."
두 사람은 이렇게 몇 주간 따로 지냈다. 그러던 어느 날 밤 아내가 침실 문을 얌전하게 노크했다.
"누구야?"
"나예요. 철수아빠가 담배를 다시 피우기 시작했다기에 그걸 알려드리려고요."

담배를 끊게 하기 위한 방법이 정녕 각방 선언밖엔 없단 말인가? 부인이 자충수를 두었다. 잔소리로 남편을 승복시킬 수는 없었다. 남자는 결혼하기 전에도 수십 년간 엄마의 잔소리를 들었다. 결혼을 하고 나니 이번엔 아내가 잔소리를 날린다. 이래서야 견딜 수 없다. 지구상에서 잔소리를 가장 지겨워하는 존재가 바로 남자다. 남편을 움직이려면 잔소리가 아니라 칭찬을 하라. 밤에 침대에서 사용하면 효과가 배가된다.

"아싸, 담배 피는데도 이렇게 정력이 세니 금연하면 얼마나 더 세질지 상상이 안 가네."

이렇게 칭찬해 보라. 잔소리에 방어벽을 구축하던 남자가 칭찬엔 벽을 스스로 허물어뜨리고 아내 뜻대로 변신할 것이다. 유머법의 위력이다.

남편의 60번째 생일파티를 하고 있는 60살 부부가 있었다. 그런데 생일파티 도중 한 요정이 부부 앞에 나타나 말했다.

"당신들은 60살까지 부부싸움을 한 번도 안 하며 사이좋게 지냈기 때문에 제가 소원을 들어드리겠습니다. 먼저 부인의 소원은 뭐죠?"

"그동안 우리는 너무 가난했어요. 남편과 세계여행을 하고 싶어요."

그러자, '펑' 소리가 나며 부인의 손에는 세계여행 티켓이 쥐어졌다. 아내는 기뻐했다. 이번엔 요정이 남편에게 물었다.

"이제 남편의 소원은 뭐죠?"

"저는 저보다 30살 어린 여자와 결혼하고 싶습니다."

그랬더니 '펑' 소리가 났다. 남편은 90살 영감이 되었다.

우린 지금까지 유머를 통해 부부관계의 단면을 보았다. 부부
끼린 벽이 없다. 건전 유머, 야한 유머, 애정 유머, 아이들 유머,
퀴즈유머, 애드립 유머, 부부싸움 유머. 어떤 것이라도 좋다. 유
머를 주고받는 부부와 짜증이 난무하는 부부. 어떤 쪽을 선택할
것인가? 유머야말로 부부 금슬의 일등 공신이다. 그렇다고 해서
지나치게 남발해선 안 된다. 유머라고 해도 가려서 해야 한다.
유머센스가 늘면 다음의 남편처럼 아내를 은근슬쩍 비꼬는 애드
립을 하고 싶어진다. 그래선 안 된다. 아내의 외모로 장난치지
마라.

결혼한 지 3개월이 지난 부부가 다정하게 앉아 미스코리아 선발대회를 시청
하고 있었다. 그런데 갑자기 부인이 남편의 팔짱을 끼고 다정한 목소리로 말
했다.
"여보, 자기는 내가 저 10번처럼 섹시해서 결혼했어?"
"아니!"
"그럼, 저 16번처럼 예뻐서 결혼한 거야?"
"그것도 아닌데….'"
"그럼 당신은 왜 나하고 결혼한 거야?"
한참을 멍하니 쳐다보던 남편이 말했다.
"유머감각 때문에 결혼했지."

마지막으로 하나 더 배우자. 배우자의 유머가 좀 썰렁해도 웃어 주고 칭찬하라. 외모 조롱과 썰렁한 비난, 재미만을 따진 나머지 윤리를 망각한 품위 없는 발언. 이 세 가지만 주의한다면 좋은 유머를 구사할 수 있을 것이다. 유머란 식어버린 부부관계에 다시 불을 지피는 숯가마다. 다음의 글귀를 보자.

숯: 유머는 숯돌이다. 쉬이 무뎌질 수 있는 부부 관계를 다시 엣지(edge)나게 만든다.

가: 유머는 가구다. 쉬이 평범할 수 있는 부부 관계를 다시 화려하게 만든다.

마: 유머는 만화다. 쉬이 지루할 수 있는 부부 관계를 다시 흥미진진하게 만든다.

친구 사이에 사용하면 좋은 유머

오류동에 사는 오 여사, 오늘도 멋에 신경 쓰다가 그만 결정적인 오류를 범하고 말았다. 간만에 동창회에 나서는 오 여사, 화려하게 보이고 싶은데 어느 옷을 걸칠까 분주하다. 저번에 동창생들의 휘황찬란한 옷차림에 기가 죽은 기억 때문에 반지 하나에도 신경을 쓴다. 반지 하나 고르는 데 2시간이 걸렸다. 반지라고 해야 딱 2개뿐인데 말이다. 목걸이, 모피, 명품라벨 핸드백 등 5시간에 걸쳐 모든 걸 완벽하게 치장한 오 여사. 이번엔 정말 스포트라이트를 받을 것 같다. 드디어 동창회 모임 장소, 모든 동창들의 눈길이 그녀를 향한다. 뿌듯해하는 오 여사, 우아하게 인사를 한다.

"얘드아! (얘들아) 오데간마니다. (오래간만이다.)"
겉치장에 너무나 신경을 쓴 나머지 틀니를 깜빡 잊고 두고 온 오 여사, 발음이 새나가고 말았다. 그는 그 후로 동창들과 연락을 끊고 산다.

포도주와 친구는 오래될수록 좋다는 말이 있다. 친구(親舊)의 구(舊)자는 오래되었다는 뜻이다. 사회친구와 학창시절 친구는 서로 다르다. 초등학교 친구는 또 다르다.

오랜만에 초등학교 동문 체육대회에 가니 모르는 얼굴도 보인다. 얼굴을 봐도 기억이 잘 나지 않는다. 그런데도 초면에 "야!" "너!"를 외치며 반말하는 기분이 묘하다. 해방감을 느꼈다고나 할까. 도덕적인 관습에서 벗어나는 일탈감이었다. 초등학교 동창 만나서 예전 학창 시절, 구멍가게 군것질했던 이야기를 하는 재미가 쏠쏠하다. 눈을 감고 그때 그 시절로 돌아가 본다. 여기는 성남 촌동네의 한 구멍가게.

꼬맹이 친구 셋이 함께 구멍가게에 들어갔다. 먼저 철수가 10원을 내고 높은 선반 위에 있는 박하사탕을 달라고 했다. 주인 할아버지는 밖에서 사다리를 가지고 왔다. 사다리를 타고 올라가서 박하사탕을 꺼내 주었다. 그리고 사다리를 제자리에 갖다 놓았다. 이번에는 길동이가 10원을 내면서 박하사탕을 달라고 말했다. 주인은 또 사다리를 가져와 박하사탕을 꺼냈다. 꾀가 난 주인은 사다리에서 내려오지 않고 내려다보며 삼구에게 물었다.

"너도 10원어치 박하사탕 줄까?"

삼구는 큰 소리로 싫다고 말했다.

주인은 안심하고 사다리를 갖다 놓고 왔다. 그리고 물었다.

"그러면 너는 뭘 살래?"

삼구는 기다렸다는 듯 대답했다.

"박하사탕 30원어치요!"

입안에 머금고 있으면 그 내음이 화하게 번지는 박하사탕, 커다란 눈깔사탕, 고소한 센베 과자, 시원하고 달콤한 아이스께끼. 추억을 공유하는 친구들과 흘러간 이야기 하다 보면 내 마음은 어린 시절로 돌아간다. 이 재미에 동창을 만난다. 나이를 먹어가며 꼭 필요한 것 3가지를 꼽으라면 사람마다 약간씩 다를 것이다. 하지만 그럼에도 공통되는 항목이 있다면 그건 바로 친구다. 돈·취미·친구, 딸·건강·친구, 돈·딸·친구.

친구와 관계를 돈독히 하는 데에도 유머는 필수다. 나이 들어 친구와 만나는데, 어두운 친구를 만나면 나도 왠지 어두워진다. 부정적인 친구를 만나면 나도 왠지 부정적 기운이 전염된다. 나이가 더 들어버린다. 밝고 따뜻하고 재미있는 친구가 최고다.

동창회에 나가 스트레스를 받는 경우도 있다. 학교 다닐 땐 성적도, 인물도, 인기도 나보다 못하다고 생각했던 친구가 있었다. 그런데 성인이 되고 보니 녀석이 나보다 잘난 놈이 되어 있지 않은가. 어느새 돈도 많이 벌고, 벤츠를 몰고 등장하는 친구의 모습을 볼 때가 그렇다. 남편 잘 만나 높은 사모님이 된 친구를 볼 때도 그렇다. 어려운 친구들 앞에서 잘난 체하는 것도 문제지만 자격지심으로 인한 스트레스를 받는 것도 아직 성숙하지 못하다는 증거다. 잘났든 못났든 친구는 친구일 뿐이다.

오류동의 오 여사도 틀니사건을 계기로 무언가를 배웠으면 한다. 동창회에 잘 꾸미고 가야만 한다는 생각이 어쩌면 오류일 수 있다. 명품 핸드백을 메고 가서 찬사받을 모습만 기대하지 말라. 샘나는 친구의 입장도 생각해 주길 바란다. 틀니가 없어 망신당하지 말라. 친구에게 우월감을 주어라. 좋은 일 했다고 생각하고 한번 웃어 보길 바란다.

친구지간에도 지켜야 할 것이 있다. 다음의 유머를 보면 일목요연하게 알 수 있다. 다양한 유형의 친구를 다음과 같이 풀이해 보았다.

좋은 친구 : 싸울 때 도와주는 친구.
나쁜 친구 : 싸울 때 도망가는 친구.
아주 나쁜 친구 : 싸울 때 신고하는 친구.

좋은 친구 : 술 사 주는 친구.
나쁜 친구 : 술값 안 내고 도망가는 친구.
아주 나쁜 친구 : 술값 안 내고 도망가는 친구 잡으러 가서 안 오는 친구.

좋은 친구 : 내가 어려울 때 도와주는 친구.

나쁜 친구 : 내가 어려울 때 모르는 척하는 친구.

아주 나쁜 친구 : 내가 어려울 때 도와 달라고 하는 친구.

청년은 세모고 중년은 원이다. 서로에게 상처를 주지 않고 지내는 방법을 우리는 너무 잘 알고 있다. 우정, 중년이 더 재밌게 할 수 있다.

모임에서
유머스타가 되는 법

한 남자가 혼잣말을 중얼거리며 숲길을 걷고 있었다. 그때 호랑이가 나타났다. 호랑이와 마주친 나그네가 공포에 질린 채 사정했다.

"호랑이님, 한 번만 살려 주세요. 살려 주시면 은혜는 잊지 않으리다."

호랑이가 대꾸했다.

"인간들의 말은 믿을 수가 없어."

남자는 가까스로 용기를 내어 말했다.

"좋다, 그렇다면 내 목숨 걸고 싸우리라. 이 칼이 무섭지 않느냐?"

"배고파 죽으나 칼에 찔려 죽으나 매일반이다."

자신의 위협에도 별다른 동요를 보이지 않는 호랑이 앞에서 남자는 당황했다. 남자는 두려움에 질렸지만 굴하지 않았다. 이후에도 그는 여러 회유와 설득을 통해 호랑이로부터 빠져나갈 시도를 했다. 하지만 호랑이의 마음을 돌이키기란 쉬운 일이 아니었다. 이런저런 시도가 모두 실패하자 남자는 결국 최후의 한마디를 날렸다.

그 말을 들은 호랑이는 뒤도 돌아보지 않고 도망갔다. 남자가 한 말은 다음과 같았다.

"그럼, 오늘 내가 맡은 연설을 네가 대신 해라."

사람을 잡아먹을 기세로 흔들림 없던 호랑이. 그런 호랑이가 자기 대신 연설을 하라는 말에는 두려움을 느낀다. 그만큼 남들 앞에서 자신의 생각을 펼치며 말을 하는 일은 쉬운 것이 아니다. 좌중의 분위기를 이끌며 자신의 의견과 감정을 피력하기란 화술 능력과 센스를 필요로 하는 일이다. 오죽하면 위대한 성악가로 명성이 자자한 루치아노 파바로티(Luciano Pavarotti)조차 무대에 서는 걸 힘들어했겠는가.

어느 날 기자가 그에게 물었다.

"선생님, 살면서 가장 행복한 순간은 언제인가요?"

파바로티가 대답했다.

"공연을 끝내고 무대에서 내려오는 순간이죠."

"그럼 가장 괴로운 순간은?"

"그야 공연 직전 무대에 오르는 순간이죠."

나도 그렇다. 무대에 서는 일이 두렵다. 유머센터 회장, 동문 회장직에 재직할 당시 무대에 오를 일이 여러 차례 있었다. 무대에 오를 때마다 긴장이 되곤 했다. 무대에 오르기 전엔 이제 죽었구나 싶었다. 강연을 무사히 마치고 무대에서 내려오고 나면 이제 살았구나 싶었다.

연예인, 방송인, 강사, MC, 설교자, 정치인, 사회자 등은 무대에서 일하는 직종들이다. 무대에 서는 일을 하는 사람은 알 것이다. 무대에 서기 직전 얼마나 긴장되는지 말이다. 혹시 실수할까 봐 긴장한다. 그러한 긴장이 실수를 만든다. 실수하면 다음에 설 때 그 실수했던 게 기억난다. 그러면 또 실수한다. 실수의 연속이다.

소심한 사람들은 긴장을 더욱 잘 한다. 혹시 누군가 나를 비웃는 것은 아닐까 싶어 걱정한다. 피해의식 때문에 긴장을 하고, 긴장을 하다 보니 결국 연설을 망치고 만다. 웃음의 종류는 여러 가지다. 기분 좋은 웃음, 비웃음, 허파에 바람 들어간 웃음 등등. 굳이 비웃음을 연상할 필요는 없다. 더군다나 그런 생각이 자신을 불편하게 만들고 있지 않은가.

말하는 사람이 긴장하면 우리의 몸은 청중을 적으로 인식한다. 동지는 온데간데없고 적들만 가득하다고 느낀다면 당신은 긴장상태다. 즉시 빠져나와야 한다. 사람들의 얼굴이 당신을 손가락질하는 것으로 보이면 눈을 한 방 쳐라. 사람들의 수군거림이 당신을 흉보는 것으로 보인다면 머리를 한 대 갈겨라. 적이 다시 동지로 보이는 순간, 성공적인 스피치를 할 수 있다. 일단 내 마음을 잡아야 한다.

안 떨린다고 다 된 건 아니다. 신명나게 무대를 장악하는 일이 아직 남았다. 무대(舞臺)란 말을 풀이해 보자. 춤출 무(舞), 춤추는 곳이다. 춤을 통해 하늘에게 감동받고 사람과 교감하는 것이 무대고 마당이다. 그것이 축제의 시작이다. 그러므로 말은 잘하는데 울림이 없으면 완전한 무대라 할 수 없다. 연사가 행복해야 청중이 행복하고 연사가 몰입해야 청중도 몰입된다. 유머, 웃음, 신명이 무대카리스마를 완성한다.

청년은 완벽을 추구하고 중년은 허점을 수용한다. 완벽추구가 긴장을 부르고 긴장이 스피치를 망친다. 수많은 경험을 통해 인생에서 긴장할 일은 별로 없다는 진리를 깨달은 중년이야말로 스피치의 대가가 될 자질을 갖춘 황금세대다.

청중을 장악하는 스피치의 대가가 되는 3단계 노하우를 공개한다.

1. 충분한 연습을 하라. 최선을 다하면 자부심과 자신감이 생긴다. 공부 열심히 한 학생이 시험시간에 태연한 법이다. 읽고 읽고 또 읽어라. 연설을 거의 외우는 단계까지 가면 한결 긴장이 풀린다. 거울을 보며 연습하면 표정이 자연스러워진다. 사람을 하나 세워 놓고 연습하면 교감이 잘 이루어진다. 인형을 여러 개 놓고 연습하면 시선처리가 훈련된다.

2. 청중에 대해서 충분히 연구하라. 남성인지 여성인지, 영업하는 사람들인지 사무직인지, 심기가 편한지 불편한지, 관심사는 무엇인지? 남성은 정치, 군대, 축구에 관심이 있다. 여성은 외모, 사랑, 드라마에 귀를 기울인다. 영업직은 판매와 실적을 올리는 법에 관심 있다. 사무직은 인간관계, 프레젠테이션, 원활한 업무처리에 귀기울인다. 학생은 학점, 연애, 주부는 영양, 가족이 주관심사다. 좋은 열매를 얻으려면 씨의 개발도 중요하지만 밭 연구도 중요하다.

3. 도사가 되라. 무슨 도사냐고? 당연히 유머다. 유머센스는 이 시대 좌중을 사로잡는 보루다. 한번 웃으면 화자와 청중간의 벽이 사라진다. 더 집중한다. 유머가 쾌감중추를 자극하기에 본능적으로 사람들은 재미난 이야기에 관심을 보인다. 짧을수록 박수 받는가? 스커트&스피치. 하지만 이건 지루할 때 이야기다. 웃음보가 터지면 시간가는 줄도 모른다. 이렇게 쓰고 보니 이니

셜이 충청도가 되어 버렸다.

충: 충분한 연습

청: 청중 파악

도: 도사 of 유머

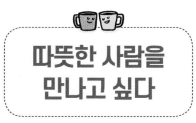

따뜻한 사람을
만나고 싶다

어떤 산부인과에 한 임산부가 실려 왔다. 소리를 고래고래 지르며 침대에 실려 가는 그 임산부 옆엔 남편으로 보이는 듯한 남자가 있었다.

"여보! 여보! 조금만 참아!"

"아아아아아악~"

임산부를 실은 침대가 분만실로 들어가자 남편이 같이 들어가려 했다. 그때 간호사가 "관계자 외 출입금지입니다. 밖에서 기다려 주세요."라고 말했다. 그랬더니 그 남편, 정색을 하며 이렇게 말했다.

"보~소! 내가 관계자여~."

지적인 부분은 좀 떨어지지만 마음만은 따뜻한 남자로 보인다. 앞으로도 부인과 좋은 관계자가 되길 바란다. 여자들이 가장 바라는 남자 유형 1위가 마음 따뜻한 남자다. 살다 보니 사람들에게 속고 배신당하고 버림받는 경험을 여러 번 하게 된다. 그런 경험이 누적되면 따뜻한 봄기운을 가진 사람들이 그리워진다. 수많은 한국노래 속에서, 또 예술작품 속에서 봄을 기다리는 한국인들의 마음을 읽을 수 있다.

'♬ 봄 처녀 제 오시네.'
'봄이 왔네 봄이 와아.'
'봄봄봄봄 봄이 왔어요.'
차가운 냉기의 겨울을 참아 낼 수 있는 건 시나브로 따뜻한 봄이 온다는 희망에서다.

따뜻한 계절이란 말은 이해가 간다. 그런데 왜 따뜻한 사람이란 표현을 쓸까? 체온이 유독 높은 사람인가? 체온 올려 주는 사람이다. 사람도 따뜻함을 준다. 행복, 사랑, 칭찬, 격려의 말을 들으면 실제 체온이 올라간다. 반대로 저주, 비난의 말을 들으면 체온이 내려간다. 이건 우리가 매일 경험하는 바다. 좋은 말을 들으면 기분이 좋아진다. 기분이 좋아지면 웃음이 나온다. 웃음이 나오면 체내리듬이 활성화된다. 체내리듬이 활성화되면 피가 잘 돈다. 피가 잘 돌면 체온이 올라간다. 손발이 따뜻해진다. 우리 몸이 보일러 시스템이라면 피는 일종의 난방수다. 난방수가 잘 도니 몸이 데워지는 건 당연한 이치다.

에릭 번(Eric Berne)의 교류분석(TA)이 떠오른다. 몇 번을 생각해도 번을 만난 건 행운이다. 번에 의하면 인간은 따뜻한 스트로크(따뜻한 말, 따뜻한 눈빛, 따뜻한 스킨십, 따뜻한 느낌, 따뜻한 칭찬)를 본능적으로 추구한다. 하지만 세상(주로 부모)은 아이에게 그런 것들을 제대로 주지 않는다. 부모도 그 부모로부터 상처받은 존재이기 때문이다. 아이는 이걸 얻기 위해 몸부림치다가 성격이 고착되고 만다. 인간을 다음과 같은 네 가지의 유형으로 나누어 보자.

1. **나 좋고 너 좋고**(하나 됨, 상생)

2. **나 좋고 너 싫고**(독선, 선민의식)

3. **나 싫고 너 좋고**(피해의식, 열등감)

4. **나 싫고 너 싫고**(좌절, 절망, 자살 시도)

당연히 자존감도 높고 남에 대한 배려도 할 줄 아는 1번 유형이 좋은 것이다. 하지만 우리가 주위를 둘러봐도 이런 유형은 드물다. 5%나 될까? 대부분의 사람들이 2, 3, 4에 해당한다. 당연히 대부분의 부모들도 2, 3, 4다. 대부분의 아이들이 아파하고 힘들어하다가 그들 역시 훗날 2, 3, 4와 같은 부모가 된다. 나중에 군대에 가고 취직해 보니 대부분의 리더들이 이와 다르지 않은 유형들이었다. 거기서 또 아파하고 힘들어하고 욕하다가 결국 2, 3, 4유형의 리더가 된다. 악순환이다. 엄마가 남편에게 맞는 것을 보며 자란 아들이 훗날 아내를 때리는 가장이 되는 모습을 자주 보곤 한다.

이 악순환의 고리를 끊어야 한다. 인간은 누구나 따뜻한 스트로크를 받을 권리가 있다. 하지만 따뜻한 스트로크는 우리 사회에 절대적으로 부족하다. 정치는 제 역할을 못 한다. 없는 사람, 아픈 사람의 눈물을 닦아 주지 못한다. 종교도 제 역할을 못 한다. 영성은 없어지고 교리와 율법만 판을 친다. 교리가 다르다는 이유로 다른 종교인을 저주하는 건 이미 종교가 아니다. 속칭 나와바리를 관리하는 텃세 조직일 뿐이다. 이러니 영혼 아픈 사람을 치유해 주지 못한다.

성인들은 무조건적 사랑(Unconditional Love)을 전했지만 조건부 사랑(Conditional Love)으로 스리슬쩍 바꿔치기된 모습을 우리는 종종 볼 수 있다. 에릭 번과 에릭 프롬, 두 에릭은 이 둘의 차이를 자주 강조한다. 한마디로 짝퉁 사랑, 짝퉁 스트로크가 사람을 망치고 세상을 망친다는 뜻이다. 하지만 어쩌랴? 그 사람들도 다 그렇게 배워서 2, 3, 4가 된 것을. 그들도 모두 상처받은 불쌍한 중생들이다. 비난이나 정죄보다도 다른 것들이 중요하다. 2, 3, 4에 해당하는 항목들은 1로 바꾸어야 한다. 따뜻한 말, 따뜻한 눈빛, 따뜻한 느낌이 강물처럼 흘러넘치는 세상을 위해 말이다.

따뜻한 느낌은 사람을 살리고 차가운 느낌은 사람을 죽인다.

사람뿐만이 아니다. 꽃, 물과 같은 자연도 사랑을 받으면 이를 알아채고 좋아한다. 유머와 웃음이 차가운 말을 따뜻한 말로, 차가운 사람을 따뜻한 사람으로 바꾼다. 따뜻한 스트로크가 넘치는 조직으로 바꾸어 준다.

아까 언급한 것을 조하리 창(Johari Window)식으로 보면
I'm not OK You are not OK(허무),
I'm not OK You are OK(콤플렉스),
I'm OK You are not OK(독선) 등 왜곡된 마음을
I'm OK You are OK(사랑, 공존)으로 바꾸는 것이다.

유머를 통해 어떻게 1로 바꾸는지 루스벨트를 보시라.

루스벨트 부자는 2차 대전으로 힘들어하는 사람들에게 따뜻한 감정을 선사했다. 루스벨트의 아들은 시력이 약했다. 그래도 입대를 원한 그는 시력표를 다 외운 후 군에 입대했다. 갈 사람이 안 가는 경우도 있지만 안 갈 사람이 가는 경우도 있으니 세상 참 묘하다. 입대한 아들은 육군항공사로 근무 중 공중전서 전우를 구하고 격추되어 사망했다. 장례식에서 루스벨트가 사람들에게 웃으며 이렇게 말했다.

"난 기쁩니다."

이에 놀란 사람들이 다음과 같이 물었다.

"아들이 죽었는데 어찌?"

"죽는 건 두 가지예요. 보람 있게 죽는 것과 보람 없이 죽는 것. 우리 아들은 보람 있게 죽었으니 기쁘지요."

나도 기쁘고 아들도 멋지다. 루스벨트는 1번이다. 만약 루스벨트가 2, 3, 4번이었다면 따뜻한 말이 안 나올 것이다. 웃음도 안 나온다. 유머도 안 나온다. 그들은 아마 다음과 같이 대응하지 않았을까?

2번: "한심한 놈, 내가 그렇게 말렸건만 시력도 나쁜 주제에 왜 입대해선⋯."
3번: "넌 죽어 영웅이 되었지만 이 애비는 어떻게 사냐고? 이 불효막심한 놈아."
4번: "너는 죽고 나는 혼자 살아야 하고 너나 나나 우리 팔자가 어째 이러냐?"

청년은 몸이 뜨겁다. 하지만 중년이 되면 냉해진다. 그러기에 더욱 따뜻함을 찾는다. 따뜻한 찜질방, 따뜻한 국물, 무엇보다 따뜻한 사람. 그리고 자신이 먼저 따뜻한 사람이 되고자 한다. 따뜻한 눈빛이 있는 중년은 인생에서 가장 아름다운 시기를 사는 것이다.

CHAPTER 5

굳어 버린 유머센스 높이는 실천사항

코미디프로를
같이 봐라

어느 부부가 한 방송에 출현했다. 그들은 스피드 퀴즈를 하게 되었다. 제시된

단어는 '칠갑산'이었다. 이것을 본 부인이 단어에 대해 급하게 설명했다.

"여보, 그 있잖아요. 당신이 노래방에 가면 항상 부르는 거."

남편이 자신 있게 대답했다.

"도우미!"

그날 밤, 남편은 부인에게 원 없이 얻어맞았다.

남편이 죽을죄를 지어 맞았으니 어쩔 수 없다. 한편 아내의 분
노를 이해하지만 또 한편으론 이런 수모를 당하면서까지 TV에
출연한 남편의 자상함에 박수를 보낸다. TV를 바보상자라고 한
다. 하지만 서먹해질 수 있는 가족관계를 이어 주는 역할도 한

다. 함께 웃을 수 있는 프로를 보는 것도 한 방법이다.

남녀노소 가족이 함께 공유할 만한 프로그램의 종류가 많지 않다. 아빠는 뉴스를 보고, 엄마는 요리방송을 본다. 형은 축구 경기를 보고, 막내는 만화영화를 본다. 하지만 개그프로라면 모두 흥미롭다. 더군다나 함께 웃을 수 있다는 게 중요하다. 간혹 요즘 개그프로그램에 문제제기를 하는 사람도 있다.

"옛날 코미디가 재밌었지. 비실비실 배삼룡, 땅딸이 이기동, 유머1번지, 부채 도사, 병영일기, 심형래가 포졸로 나오는 것도 웃겼어. 최양락이 네로로 나오는 것도 좋았는데 요샌 봐도 이해가 안 가."

맞는 말이다. 중년기의 사람들 중에 요즘 개그프로는 이해가 가지 않는다는 사람이 참 많다. 유머는 시대를 반영한다. 그 시대에 사는 사람들의 가치관, 입장, 심리, 음식, 패션과 밀접하다. 수학은 고금동서 상황이 달라도 이해가 간다. 하지만 유머는 수학이 아니다. 지금 젊은이가 아니면 요즘 개그, 이해가 안 될 수밖에 없다. 우리의 시각으로 보면 외국 코미디가 재미없을 것이다. 웃음 포인트가 다르기 때문이다. 외국 사람도 마찬가지다. 우리나라의 개그프로를 그들이 본다면 재미없다고 말할 것이다. 상황과 정서가 다르면 이해가 안 되고, 이해가 안 되면 웃을 수 없다. 그런데 그게 꼭 나쁜 걸까?

외국 사람과 교류하려면 외국 코미디를 보는 게 가장 좋다. 마찬가지로 요즘 젊은이들과 소통하려면 요즘의 개그프로를 보는 게 제격이다. 요즘 개그는 이해가 가지 않는다는 사실은 다르게 말하자면 지금 당신이 젊은이들에게 무심하다는 말이기도 하다. 개그프로를 같이 보면서 그들의 아픔, 그들의 고민, 그들의 생각을 공유한다면 일거양득이다. 자녀들과 가까워지고, 실컷 웃어라. 그러면 보다 앞서가는 부모가 될 수 있을 것이다.

배꼽 웃음으로 웃어라

웃음은 마음의 치료제일 뿐만 아니라 몸의 미용제이다.

당신은 웃을 때 가장 아름답다.

– 칼 조세프 쿠쉘

어느 날 밤길을 걷던 한 중년 남자가 중년의 강도를 만났다.

"난 강도다. 돈 내놔!"

남자는 무서웠지만 강도에게 말했다.

"뭐? 돈? 안 돼. 우리 마누라가 얼마나 무서운데…. 내가 집 근처에서 강도에게 돈 뺏겼다고 하면 마누라가 믿을 것 같아?"

"그래서 못 준다 이거지?"

중년 남자의 대답에 어이없다는 표정을 짓던 중년 강도는 그 남자의 멱살을 쥐고 한마디 했다.

"야! 이 자식아, 그럼 내가 오늘 한 건도 못 했다고 하면 우리 마누라가 믿을 것 같아?"

도둑도 행인도 집에 가면 마누라한테 바가지 긁히긴 마찬가지다. 불쌍한 중년 남자들의 자화상이다. 집 밖에서나 집 안에서나 중년 남성은 자신이 없다. 가뜩이나 대우도 받지 못하는데 몸까지 허약해 위축된 중년 남성들. 보기에 안쓰럽다. 다음은 연령에 따른 한국인의 웃음이다.

10대: 웃기기 전에 이미 웃는다.
20대: 웃기기 시작하자마자 웃는다.
30대: 웃기는 내용을 듣고 웃는다.
40대: 웃으려다 만다.
50대: 안 웃는다.
60대: 농담 진담 구분 자체가 안 된다.

나이를 먹으면 자신감이 없어진다. 몸에 기인하는 바가 크다. 복근이 약해진다. 배 탄력이 약해지며 냉해진다. 당연히 뱃심이 약해진다. 뱃심이 약해지면 배짱이 줄어든다. 아울러 목소리도 탄력을 잃는다. 배의 힘(뱃심)을 키우고, 배를 장(배짱)하게 만드는 게 유머와 웃음이다. 웃으면 배꼽이 빠진다. 웃을 때 등골이 빠지거나 눈이 빠진다면 문제다. 하지만 배꼽은 빠지면 빠질수록 좋다. 배꼽이 빠진다는 건 장운동이 되고 복식호흡이 된다는 말이다. 젊어지고 힘이 생긴다.

배 복(腹)자 가운데엔 태양을 나타내는 날 일(日)자가 있다. 배에 힘이 있고, 탄력이 세고, 뜨거우면 건강한 몸이다. 지금 아랫배, 정확히는 배꼽 밑 3센티미터 부근에 오른손을 대고 외쳐 보라. 하, 하, 하. 배 움직임이 느껴지면 당신은 가능성이 있다. 하지만 움직임이 느껴지지 않는다면 이미 당신의 배는 노쇠한 거다.

배꼽웃음법은 1회당 3분, 하루에 3회씩 실시하라. 1회당 자기 나이만큼 소리 지르면 된다. 아래의 항목을 살펴보고 나의 웃음 지수를 자가진단해 보자.

웃음지수 자가진단

1. 사진 찍을 때 사진사가 "웃으세요."라고 말하면 바로 웃는 표정이 되나요?

2. 출근(퇴근) 인사할 때 웃으시나요?

3. 직장에서 후배가 인사하면 웃으면서 받아 주나요?

4. 자녀를 보면 웃어 주나요?

5. 상대가 유머러스하면 잘 웃는 편인가요?

6. 자신의 스마일 라인(웃음 표정 곡선, smile line)이 맘에 드나요?

7. 드라마에서 배우들이 웃는 모습을 보면 나도 따라 웃을 수 있나요?

8. 인생은 행복한 것이라고 생각하나요?

9. 폭소, 박장대소를 할 줄 아세요?

10. 지금보다 더욱 웃는 얼굴 표정으로 바꾸고 싶은 희망이 있나요?

검토결과

8점 이상: 웃음 최고

4-7점: 좀 더 노력하면 웃음이 넘칠 거예요

0-3점: 행복을 찾기 위해 분발 요구

(자료출처: 한국유머센터)

3을
활용하라

세상에 없는 것에는 3가지가 있다.

1. 많은 월급   2. 좋은 상사   3. 예쁜 마누라

시골 읍내의 허풍쟁이가 친구에게 부자인 척 거드름을 피우며 말했다.

"우리 집에 없는 것이라곤 없다네. 없는 것이라면 하늘의 달과 해뿐이지."

그때 어린 아들이 나와서 말했다.

"아부지, 항아리에 쌀이 없는디요."

허풍쟁이는 손가락 하나를 더 펴보이며 말했다.

"해와 달과 쌀, 세 가지가 없구먼!"

위의 두 가지 유머의 공통점은 무엇일까? 3이다. 유머를 보면

3으로 구성된 경우가 많다. 한국 사람들은 3이란 숫자를 좋아한다. 무심코 사용하는 말에도 3이 들어간다. 벙어리 삼룡이, 돌아가는 삼각지, 천안 삼거리, 쓰리고, 쓰리빽, 삼돌이 삼순이. 외국인에게도 3은 중요한 숫자다. 기독교의 삼위일체, 중국의 삼국지, 프랑스의 삼총사. 스피치 소제목을 만들 때 3에 맞추라. 상품 설명할 때도 3에 맞추라. 승진하는 법 3가지, 성공하는 법 3가지, 예뻐지는 법 3가지.

누군가가 필자에게 이렇게 질문했다.
"그러다가 두 가지만 생각나고 마지막이 생각나지 않으면 어떻게 합니까?"
그럴 땐 쫄지 말고 이렇게 외쳐라.
"기타 등등!"

유머에서 등장인물은 특별한 경우를 빼곤 3을 넘지 않게 하라. 유머의 목적은 웃는 거다. 등장인물이 너무 많으면 외우는 사람도 힘들거니와 듣는 사람의 입장에서도 지루할 것이다. 게다가 자칫하면 줄거리를 놓치기가 쉽다.

미인 3백: 미인은 3군데가 하얗다. 치아, 피부, 눈
미인 3흑: 미인은 3군데가 검다. 머리, 눈썹, 눈동자
미인 3세: 미인은 3군데가 가늘다. 목, 허리, 발목

중년의 좋은 점으로는 세 가지 있다.

1. 체력이 저하되니 과음, 과로로 무리하지 않는다.

2. 기억력이 저하되니 스트레스와 상처도 금방 잊는다.

3. 야망이 저하되니 무리한 욕심을 내지 않는다.

마지막 말이 핵심이다

청소부가 이발을 했다. 이발사는 그에게 이발비를 받지 않았다. 다음 날 아침이었다. 청소부는 고마움을 표하기 위해 고구마 3개를 이발소 입구에 놓았다.

경비 아저씨가 이발을 했다. 이발사는 경비 아저씨에게도 이발비를 받지 않았다. 다음 날 아침 아저씨는 고마움을 표하기 위해 귤 3개를 이발소 입구에 놓았다.

마지막 손님, 국회의원이 이발을 했다. 이발사는 이발비를 받지 않았다. 다음 날 아침 이발소 입구에 3개를 갖다놓았다.

여기서 말하는 3개란 무엇을 뜻하는 말일까? 바로 동료 국회의원 3명을 뜻한다.

이 유머엔 3명의 인물이 등장한다. 이 중에 가장 중요한 건 마지막 인물이다. 앞에 나온 건 외울 필요 없다. 그걸 다 외우려니 유머 외우기가 어렵고 이런 말들을 하는 거다. "이상하네, 들을 땐 재밌었는데 막상 내가 하려니 영 기억이 안 나네." 다 외우니 뇌의 용량이 초과되어 부하가 걸린 거다. 앞에 나온 인물을 외우는 건 바보짓이다.

당신에게 묻는다. "처음에 이발한 인물은?" 청소부라 대답했으면 당신은 바보, 외울 필요가 없다. 다시 한번 묻는다. "그 사람이 갖다 놓은 건?" 이 질문에 고구마라고 정답을 말하면 역시 바보다. 에너지 낭비다. 고구마든 감자든 초코파이든 상관없다. 그냥 떠오르는 대로 말하면 된다. 유머에는 들러리가 있고 핵심이 있다. 마지막 줄이 핵심이고 앞부분은 들러리다.

유머를 100% 다 외우려고 노력하다 보면 무슨 일이 벌어질까? 첫째, 외우기가 너무 힘들다. 둘째, 상대의 눈이 아니라 글을 보며 말하게 된다. 이러니 재미가 없다. 셋째, 자주 잊어 먹는다. 넷째, 고비용 저효율의 극치다.

탈무드는 유대인의 율법 학자들이 사회의 모든 사실과 현상에 대하여 입으로 전해 오는 해결책을 모은 책이다. 이스라엘 국민들은 학교나 가정에서 탈무드를 자녀 교육의 지침서로 삼곤 한다. 탈무드에 이러한 대목이 있다.

유대인 학생들이 학교에서 탈무드를 공부하는 도중에 의문이 하나 생겼다. 그것은 탈무드를 공부하면서 담배를 피워도 괜찮은가 하는 의문이었다. 피워도 되는가, 아니면 절대로 피워서는 안 되는 것인가. 그러던 중 한 학생이 랍비에게 가서 물어보았다.

"선생님, 탈무드를 공부할 때 담배를 피워도 괜찮습니까?"

"안 돼!"

랍비는 한마디로 반대하며 이맛살을 찌푸렸다. 그 이야기를 들은 다른 학생이 말했다.

"너는 묻는 방법이 틀렸어. 이번에는 내가 가서 물어보겠다."

하며 랍비에게 달려갔다.

"선생님, 담배를 피우는 동안에도 탈무드는 읽어야겠지요?"

"그렇지! 읽어야 하고말고."

앞의 학생의 말에서 가지와 이파리를 떼어내면 탈무드-담배가 된다. 반면 뒤 학생은 담배 - 탈무드가 된다. 마지막 말을 살펴보면 앞의 학생은 담배요, 뒤의 학생은 탈무드다. 그러므로 두 학생의 말은 각각 선생에게 이렇게 들렸다.

"선생, 나 담배 좀 피겠수다."

"선생님, 전 탈무드 읽는 게 너무 좋아요."

당연히 뒤의 학생이 랍비로부터 좋은 평가를 받았다. 유머를 하다가 친구를 놀린 경험이 한 번씩은 있을 것이다. 놀림을 당한 친구는 기분 나빠하고 농담한 친구는 친구지간에 농담도 못 하냐며 불편해한다. 둘 사이의 분위기가 어색해진다. 사람을 놀리고 나면 뒤처리가 필요하다. 마지막 말을 칭찬으로 끝내는 것이 가장 좋다. 좀 심한 농담을 했다 싶으면 그 친구를 옹호하는 말로 매듭지어라. 다음의 두 축구팀 감독을 잘 보라.

감독A: 칭찬 칭찬 칭찬 & 비난

감독B: 비난 비난 비난 & 칭찬

당신이 만약 선수라면 어떤 감독에게 호감을 가질까? 당연히 B다. A는 숱한 칭찬을 했음에도 마지막에 비난했기에 모욕감을 느낀다. 반면 B는 여러 번 비난을 하고 있지만 마지막 칭찬 때문에 그에게 호감과 감사를 느낀다. 인간은 마지막 말을 기억하기 때문이다.

당신이 남편에게 짜증을 냈다.

"왜 이제 들어오는 거야? 아유, 짜증나."

아차, 내가 왜 고생하고 들어온 사람에게 짜증을 냈지. 하지만 이미 엎질러진 물이다. 이왕 짜증 낸 거 생각나는 대로 두어 개쯤 더 내라.

"연락하면 어디 덧나냐? 게으른 남자 같으니."

"전화는 왜 안 받아, 책임감 없는 남자 같으니."

드디어 남자가 끓어오르기 직전이다. 이젠 마지막 결론이다.
표정과 말투를 칭찬모드로 바꾸어 마무리하면 된다.
"자기처럼 잘생긴 남편 얻으면 신경이 쓰인다니까."

당신의 스트레스는 그것대로 풀고 신랑에게도 점수를 줄 수
있다. 핵심은 항상 마지막 말이다. 말을 끝내주게 잘하려면 끝말
을 신경 써야 한다.

청년 시절엔 피가 뜨거워서일까. 친구에게 상처를 주는 직설
적 표현을 많이 했다. 상처를 받기 싫으니 주기도 싫다. 중년이
된 지금, 마지막 말을 따뜻하게 전하는 습관이 붙었다. 중년이
더 자랑스럽다.

인칭대명사

가까운 일본인들은 판매를 위해서라면 간도 쓸개도 다 빼놓는 다. 우린 오히려 손님의 간과 쓸개를 빼놓을 것을 요구하니 문제 다. 한국 사람의 불친절과 무례의 정도는 세계적으로 알려져 있 다. 오죽하면 이런 유머가 다 생겼을까? 호텔에서 식사를 하며 소고기를 달라고 하자 웨이터가 사정을 한다.

웨이터: "Excuse me. sir, we are out of beef, today. (죄송하지만 소고기가 떨어졌습니다.)"

미국인: "품절(out of)이 뭐요?"

소말리아인: "소고기(beef)가 뭐요?"

한국인: "죄송(Excuse me)이 뭐요?"

사과 못 하는 것도 병이다. 중년이 되면 얼굴의 탄력과 윤기가 없어져 무뚝뚝해 보인다. 게다가 이래저래 받은 수십 년 마음의 상처가 누적되어 심술이 가득해 보일 수 있다. 가만있어도 미소가 없어지는 나이가 바로 중년이다. 자칫하면 심술꾸러기에 늙다리로 보이기 십상이다. 멋진 중년이 되기 위한 예쁜 말을 소개한다. 이름하여 인칭대명사! 여기서 말하는 인칭대명사란 인사, 칭찬, 대응, 명랑, 사과의 줄임말이다.

1. 인사

인사동에 사는 고숙녀 씨. 항상 남보다 먼저 고개 숙이는 행동거지로 지역에서 인기가 자자하다. 먼저 인사하라. 저 사람이 먼저 하면 해야지 하고 눈치 보는 경우가 있다. 먼저 인사하면 인사의 주도권을 잡게 된다. 돈 나가는 것도 아니니 말이다.

2. 칭찬

칭찬은 고래도 춤추게 하는 법. 여성은 미모 칭찬, 남자에겐 능력 칭찬을 한다. 엄지를 치켜세우며 칭찬을 습관화하라.

3. 대응

잘 듣는 훈련을 해 보라. 상대방의 말에 적절한 추임새를 넣어라. 적절한 추임새와 대응은 당신을 따뜻한 중년으로 만든다.

4. 명랑

한국의 중년들은 무뚝뚝하게 자랐다. 게다가 나이를 먹어 더욱 무뚝뚝해 보인다. 지금보다 3배나 더 명랑해질 필요가 있다. 기꺼이 오버하라. 억지로라도 3배 더 웃어라. 유머실력도 3배나 더 발휘하라.

5. 사과와 감사

아침에 부부싸움을 하고 개운치가 않았다. 저녁에 과일 한 상자를 사 갔다. 상대방이 사과를 보더니 물었다.

"웬 사과야?"

"응, 아침에 심하게 말한 것 사과하는 뜻으로…."

자식이나 후배직원에게라도 지적을 받으면 사과하라. 생각지도 못했는데 어른에게 사과를 받았을 때 젊은이의 기분을 이해하는가? 입에서 감사라는 말이 자주 나올수록 행복지수가 올라가기 마련이다. 사과는 상대방의 마음을 알아주고, 이해해 주는 일이다. 남에게 점수를 얻는 일이다. 그러다 보면 자연스레 인간관계가 좋아진다. 감사는 하늘의 기분을 알아주는 일이다. 하늘에게 점수를 딴다. 곧 팔자가 핀다.

청년 시절, 가끔 가는 식당에서 밥을 먹은 적이 있다. 반찬은 그런대로 먹을 만했다. 하지만 밥의 상태가 영 아니었다. 설은 밥이었다.

"주인 아저씨, 반찬은 맛있는데 밥이 약간 설었네요."

미안해하는 기색만 있으면 그냥 참고 먹으려 했다. 그런데 그 주인 양반, 인상을 쓰더니 내가 먹던 젓가락으로 내 그릇의 밥을 먹는 게 아닌가. 허락도 없이 먹고는 퉁명스레 한마디 했다.

"여보슈, 젊은 손님. 이게 뭐가 설었어요? 딱 먹기 좋구만. 당신 입맛이 문제요."

이것이 식당 주인과의 마지막 대면이었다.

청년 시절의 일화가 하나 더 있다. 약속장소에 급하게 가는 길이었다. 버스에 올라탔는데 빨리 출발하지 않고 느렸다. 급한 마음에 짜증이 섞인 불평을 털어놓았다.

"아저씨, 거 좀 빨리 출발하면 안 돼요? 급한데…."

그러자 역시 나이 지긋한 기사 아저씨가 자식뻘인 내게 공손히 웃으며 사과한다.

"죄송합니다. 손님, 노인 분이 아직 안 앉아서."

뒤를 돌아보니 정말 할아버지 한 분이 아직 서 있다.

전자의 사례에서 등장한 아저씨에게는 미움과 함께 소인배(小人輩)의 이미지를 느꼈다. 그랬다면 후자에서 등장한 기사 아저씨에게는 부끄러움과 함께 대인배(大人輩)의 풍모를 느꼈다. 두 분 모두 내 마음속의 오랜 스승이 되었다. 한 분은 반면교사로, 또 한 분은 본받아야 할 멘토로 말이다. 인칭대명사가 있어 오늘도 사람과의 만남이 즐겁다.

감사
십계명

한 남자가 며칠간의 출장에서 돌아와 오랜만에 집에서 가족들과 저녁식사를 하게 되었다. 그런데 둘째 아들 녀석이 그동안 유치원에서 배웠는지 "감사히 먹겠습니다."라고 말하며 수저를 든다. 어찌나 예쁘던지. 우리 식구들은 이제부터 항상 감사인사를 하고 밥을 먹기로 했다. 그러던 어느 날 식탁에 반찬이 달랑 두 가지만 올라온 날이었다. 아이들 앞에서 불평도 못 하고…. 그래도 감사인사는 해야 할 것 같았다. 아들이 자기도 모르게 이렇게 외쳤다.

"간신히 먹겠습니다!"

고기반찬 먹으면 감사히 먹는 것, 식물성 반찬이면 간신히 먹는 것. 표현이 재미있다. 그러고 보니 예전의 군대에서 밥 먹을 때면 항상 복창하던 말이 있었다.

"감사히 먹겠습니다."

그땐 무심코 외쳤었다. 지금이라도 나의 무심함을 사과하며 감사한 분들을 떠올리려 한다.

당시 군인이었으니 국가에 감사하고 세금을 낸 국민에게도 감사할 일이다. 밥 한 끼에도 감사할 분들이 많다. 우선 흰쌀을 제공해주신 농부들에게 감사한다. 그분들이 아니면 내가 언감생심 하루 세 끼를 어떻게 취할 것인가? 그 외에도 어부, 축산업자, 양계장 업자, 양식업자, 가락시장 경매인, 트럭 기사, 조리사, 요리사, 식당 서빙 아줌마들에게도 감사하다. 아울러 동물성과 식물성 등 각종 음식 재료들에게도 심심한 감사를 표한다. 그대들이나 나나 같은 생명이다. 다만 DNA 배열의 차이로 당신들은 식물이 되고, 나는 인간이 되었다. 나는 먹는 자가 되고 그대들은 먹히는 자가 되었다. 그러니 송구할 따름이다.

오늘도 일용할 양식 1호인 쌀에게 먼저 감사를 드린다. 똥배의 원흉이라고 쌀에게 쌀쌀맞게 대한 것을 생각하면 가슴이 아프다. 이어 돼지고기(삼겹살, 돼지갈비, 돼지껍질)류도 오랫동안 나의 피와 살이 되고 행복감을 주었다. 다른 건 몰라도 정말 돼지만은 칭송받아도 되지 싶다. 소에게도 (소머리국밥, 꽃등심, 우족, 소꼬리, 한우는 물론 물 건너온 소, 우유) 감사를 드린다. 정말 고맙소. 소가 인간에게 해 준 만큼 인간이 소에게 무얼 해 주었나 생각하니 송구하다.

닭(양념치킨, 프라이드치킨, 달걀)에게 감사를 빼놓을 수 없다. 월드컵이면 맥주 한 잔에 양념치킨 한 마리. 너의 희생으로 인해 치킨 사장님도 웃고 소비자도 웃는다. 참 장하고 멋지다. 너는 다 맛있다. 닭다리, 닭날개, 닭똥집. 벌써 침이 고이는구나. 닭가슴은 우리의 근육을 만들어 주지 않는가. 그런데도 너를 인용해 남을 놀리는 용어로 사용한 점 가슴 깊이 사과한다. 닭대가리! 인간의 도박성과 투쟁심 때문에 애꿎은 너희를 싸움시킨 것도 미안하다. 닭싸움! 이해해라. 인간의 수준이 그 정도이니.

배추, 파, 감자, 고구마, 고추, 양파, 가지, 토란, 라면, 짜장, 우동, 곰탕, 떡볶이, 순대, 밀면. 지금 적은 것은 내가 감사해야 할 분들 목록의 1/100도 안 된다. 도대체 나 스스로 어떻게 이런 음식을 만들 것인가? 그 외의 옷, 주택, 책 등과 거기서 파생되는 목록을 적는다면 하루 종일 걸려도 모자랄 것이다.

범사에 감사하란 말이 있다. 생각하면 매사 감사하고 범사에 감사하고 만사에 감사한 일이다. 유머리스트들은 감사가 습관화된 사람들이다. 유머야말로 비관과 불만을 변환시키는 도구다.

불만과 비난을 감사로 승화한 사람이 바로 에디슨이다.

어린 시절 에디슨은 열차에서 실험을 하던 중 그만 불을 내고 말았다. 역무원

은 불이 나게 그의 뺨을 때렸다. 결국 에디슨의 고막이 나가고 말았다. 그 후 귀가 잘 들리지 않았다. 유명인이 된 중년의 에디슨에게 기자가 물었다.

"귀가 안 들려 너무 힘드셨겠군요?"

"천만에, 좋았지."

"어째서요?"

"흉보는 소리, 욕하는 소리 하나도 안 들리니 일에만 몰두할 수 있었거든."

나도 생각을 감사로 바꾼 게 있다. 의사, 판사, 검사, 변호사. 이들 역시 사 자 돌림이다. 부와 명예와 권력의 정점에 있는 그들, 눈이 부시다. 그들을 보며 나 역시 후회한 적 있다. 학교 다닐 때 나도 열심히 공부할걸, 하고 말이다. 그러다가 지금 내게 주어진 상황에 감사하기로 했다. 내 이름에 당당히 '사' 자가 있으니 말이다.

당신의 자녀를 에디슨처럼 키우고 싶다면 감사를 훈련시키라. 감사십계명을 읽어라. 하루에 한 번 낭독시키면 된다. 처음엔 부모가 한 번 읽고 다음에 바로 자녀가 따라 읽는 식도 좋다.

다음은 자녀와 부모가 함께 읽는 감사십계명이다.

감사십계명

1. 지구에 태어난 것에 감사합니다.

2. 나의 조국에게 감사합니다.

3. 온전히 낳아 주고 길러 준 부모님, 감사합니다.

4. 내 가족, 친구 감사합니다.

5. 인간 되라 가르쳐 준 선생님, 감사합니다.

6. 생활비 주는 일자리, 감사합니다.

7. 정의, 자유, 진리, 사랑 깨닫게 해 준 위대한 책과 저자들에게 감사합니다.

8. 말할 수 있는 입, 적을 수 있는 손, 감사합니다.

9. 감기부터 암까지 치료 위해 애쓰는 과학자, 의사, 간호사님에게 감사합니다.

10. 사시사철 먹거리, 입을 거리, 잘 거리, 놀 거리 다 주는 하늘에게 감사합니다.

마음은 청춘이로되 이미 몸은 나이를 먹어버린 그대, 중년이 되어 버린 그대. 그리고 나. 중년이라도 행복할 수 있지 않을까? 중년이 행복해질 수 있는 방법에 대해 쓰고 싶었다.

우리 세대는 순종을 잘한다. 나이 먹을수록 야채와 과일을 많이 먹으라는 의사 선생님의 말씀을 따라 열심히 실천한다. 마트에 가서 포도 한 송이를 샀다. 청년 시절엔 수박을 좋아했다. 수박을 반으로 쪼개 안을 긁어낸 후 얼음물을 집어넣고 먹는 맛이 좋았다. 청년은 수박인생이다. 사랑도, 공부도, 일도 한 방이다. 거대하고 화끈하다. 대신 깨지기도 쉽다.

이에 비해 중년은 포도인생이다. 청년처럼 무언가에 에너지를 다 쏟을 만한 체력은 못 된다. 하지만 좋은 점도 있다. 송글송글 맺힌 포도알 하나하나가 다양한 행복과 즐거움을 선사한다. 등산, 자녀, 부부, 사이클, 헬스, 독서, 직장, 수다, 유머클럽, 봉사, 종교활동, 여행. 이것들이 모두 인생의 포도알이라고 할 수 있다. 개중에서도 지혜가 가장 굵은 포도알일 것이다. 청년은 중년을 겪지 않았다. 그랬기에 그들은 청춘의 소중함을 모른다. 우리는 이미 겪었다. 청춘의 화끈함과 중년의 지혜를 골고루 느낀다. '청춘예찬'도 중년이 쓴 글이다.

유머는 마이다스의 손이다. 유머를 통해 가정과 직장의 지루하고 싱거웠던 중년의 일상이 행복과 즐거움의 현장으로 변해간다. 이러한 행복한 변화를 눈치채기를 바란다.

유머는 세월보다 강합니다
인생의 2모작을 일구는 여러분의 가정에
행복한 웃음소리가 샘솟기를 기원합니다

- 권선복
도서출판 행복에너지 대표이사

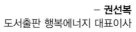

오늘날의 중년세대는 청년층과 노년층 사이에 끼어 '샌드위치 세대'라고 불립니다. 세대가 변함에 따라 자녀 독립이 늦춰지거나 혹은 아예 독립하지 않는 경우가 늘었습니다. 수명 연장으로 부모 봉양에 필요한 금전 부담도 예전에 비해 늘어났습니다. 아래로는 자녀문제, 위로는 부모문제. 이러니 중년세대는 일명 낀 세대라고 할 수 있습니다. 게다가 고용불안으로 중년 본인의 앞가림조차 힘든 판이니 참으로 어려운 처지가 아닐 수 없습니다.

이 책『꽃보다 중년, 유머가 답이다』는 삼중고를 겪고 있는 중년세대에게 보내는 응원의 편지이자 삶의 지침서입니다. 축 쳐진 중년들의 어깨를 두드리며 저자는 말합니다. 중년세대가 꼭 어려운 시절만은 아니라고, 나이를 먹어 간다는 것이 그리 나쁘지만은 않다고 말입니다. 저자가 권하는 유머를 듣다 보면 나도 모르게 웃음이 새어나오고 어제의 근심을 잊어버리고 말지요. 유머와 웃음이야말로 젊음의 비법이요, 삶에 활력을 불어넣는 윤활유 같은 존재입니다.

유머는 세월보다 강합니다. 몸이 늙는다고 해서 마음마저 늙을 수는 없지요. 청년의 에너지가 패기라면, 중년의 에너지는 지혜와 통찰력입니다. 그것은 세월이 주는 선물이요, 중년만의 무기이기도 하겠지요. 유머는 이러한 중년의 장점을 더욱 빛나게 합니다. 웃음을 먹고 자란 마음은 누구보다 건강하며 유연합니다. 움츠러든 마음, 기지개 펴듯 쭉 펴고 일어나 내일 하루는 유머로 시작해 보는 것이 어떨까요? 근심걱정을 날려 버리는 시원한 웃음이 여러분의 가정에 샘솟을 것입니다.

하루 5분 나를 바꾸는 긍정훈련

행복에너지

'긍정훈련'당신의 삶을
행복으로 인도할
최고의, 최후의'멘토'

'행복에너지
권선복 대표이사'가 전하는
행복과 긍정의 에너지,
그 삶의 이야기!

인터파크
자기계발 분야 주간
베스트 1위

권선복 지음 | 15,000원

권선복

도서출판 행복에너지 대표
지에스데이타(주) 대표이사
대통령직속 지역발전위원회
문화복지 전문위원
새마을문고 서울시 강서구 회장
전) 팔팔컴퓨터 전산학원장
전) 강서구의회(도시건설위원장)
아주대학교 공공정책대학원 졸업
충남 논산 출생

책『하루 5분, 나를 바꾸는 긍정훈련 - 행복에너지』는 '긍정훈련' 과정을 통해 삶을
업그레이드하고 행복을 찾아 나설 것을 독자에게 독려한다.

긍정훈련 과정은 [예행연습] [워밍업] [실전] [강화] [숨고르기] [마무리] 등 총
6단계로 나뉘어 각 단계별 사례를 바탕으로 독자 스스로가 느끼고 배운 것을 직접
실천할 수 있게 하는 데 그 목적을 두고 있다.

그동안 우리가 숱하게 '긍정하는 방법'에 대해 배워왔으면서도 정작 삶에 적용시키
지 못했던 것은, 머리로만 이해하고 실천으로는 옮기지 않았기 때문이다. 이제
삶을 행복하고 아름답게 가꿀 긍정과의 여정, 그 시작을 책과 함께해 보자.

『하루 5분, 나를 바꾸는 긍정훈련 - 행복에너지』